U0692086

四海为仙
9
冰封罗浮山

管平潮◎著

浙江文艺出版社
Zhejiang Literature & Art Publishing House

目录

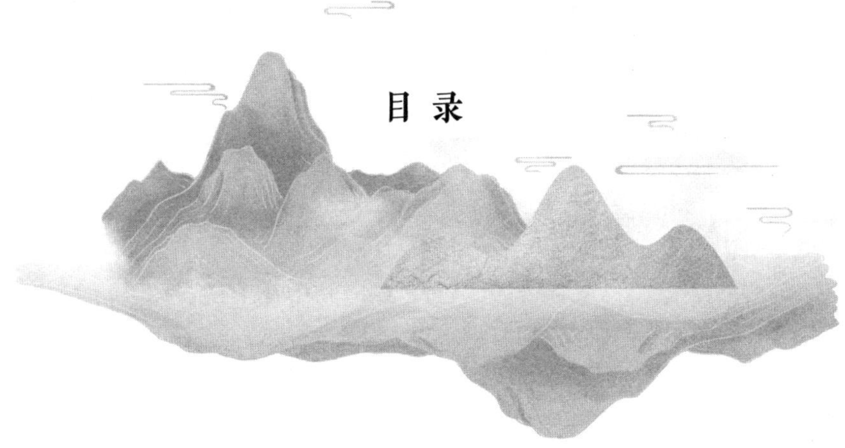

第一章 市尘得雪，酬唱无改乡音 001

第二章 春到香国，月中谁堕瑶魄 010

第三章 山间置酒，遥闻水唱渔歌 017

第四章 幽花零落，只恐香去成泥 024

第五章 花开海上，月湖暗流涌荡 033

第六章 石上三生梦，云中半世缘 039

第七章 一片野心，早被白云留住 048

第八章 超俗栖真，岂避玄霭神缨 055

第九章　千山雪舞，默默此情谁诉　063

第十章　冰冻罗浮，芳魂疑似从前　077

第十一章　十年藏剑，一朝吼破风云　084

第十二章　花惊鸟去，纵江湖之旧心　097

第十三章　义无反顾，千万人吾往矣　105

第十四章　岂曰无衣？此去与子同袍　113

第十五章　鲲鹏展翅，抟扶摇而万里　124

第十六章　欲击三千水，拔剑舞天南　132

第一章

市尘得雪，酬唱无改乡音

山间论道归来，已是暮色低垂，山月满身。快到家门口时，小言看到琼容、雪宜正倚门而望，一如以前在罗浮山千鸟崖一样，等他这外出办事的堂主归来。

这一晚，清河老道就在小言家中和他们一起喝酒吃饭。按着山村规矩，小言娘在一旁侍候酒食，忙着端菜盛饭。见这样，雪宜也不入席，想要上前帮忙。这样的好心，自然被小言娘坚决谢绝。

等坐到席间，开始时雪宜自不必说，就连琼容也有些拘束。倒是清河老道，打量了这俩俏丽女娃一眼，便回头跟小言大加称赞，说他堂中这俩女弟子出落得越发好看了，他这堂主有福，一定要把杯中酒喝干。

等酒过几巡，家常饭桌上的气氛也变得热络起来。

大人们喝酒时，琼容便双足蜷跪在木凳上，挨着桌子一口一口地扒饭。正吃着，也不知道小丫头想到了啥，忽然便抱过锡酒壶，探着身子替清河老道斟了杯酒。

见她这般举动，大家有些不明所以，却听小姑娘忽然开口，一本正经地跟清河老道道谢："谢谢清河老伯伯，在雪宜姐姐、琼容妹妹认识哥哥之前，帮我们照顾他！”

此言一出，顿时满座莞尔。一脸莫名的清河老道，口中恰含着一口酒，等听清眼前小女孩的话，顿时扑哧一声，酒喷如箭，幸亏赶快低头，才没把酒水喷到桌上！

就这样喝酒吃饭，冬夜的山村小屋中其乐融融，一片热气腾腾。

酒席间，小言又跟清河老道请教，说历练途中刚得了一株灵芝，想献给爹娘，但不知道该让他们怎样服食才好。清河老道顿时大感兴趣，让小言把灵芝取来看看。

等小言从里屋取来那只蟒妖佘太献上的灵芝漆盒，清河老道一经打开，顿时清香四溢，充塞满屋。

见到灵芝祥云一般的形状，清河老道顿时眼睛一亮，告诉众人，说这盒中放的乃是难得一见的野山灵芝，看形状，应该有四五百年之久。

见清河老道大惊小怪地赞叹，小言倒有些奇怪，道："我常听人说什么千年灵芝的，这个才四五百年……"

此言一出，清河老道顿时一阵嗤笑。他告诉小言，那些寻常市井药店中所谓的"千年灵芝"，常常夸大了上百倍。真正上了百年的灵芝，并不多见。眼前这株四五百年的灵芝，已可称得上是难得一见的异宝，道家称作芝宝。芝宝不必服食，只要将其养在卧房中日夜熏陶，自然就能益寿延年。

听清河老道这么一说，小言顿时大喜，当即就捧着灵芝盒，敞开着放到了爹娘房中。

酒终人散，小言取出路上买来的醇酒，送给清河老道。为了方便携带，这些从各地买来的名酒全都被小言囫囵装在一个皮囊中，因此此刻送出，小言便有些歉然。只是，刚跟清河老道道歉一两句，却见他拔开酒囊木塞，才嗅了几下，便哇哇大叫，说这酒绝佳。见他乐不可支，小言也很高兴，又看他今晚酒喝多了，脚步虚浮，便劝他不如将沉重的酒囊暂寄在这里，明天再帮他送到山上。

这样好心的建议，却被清河老道一口回绝。醉醺醺的清河老道把酒囊紧紧抱在怀里，就像抱着个宝贝，两眼警惕，生怕小言心生后悔，借故要回。

见他这样，小言无法，只好将他送出门。等到了门外，醉意盎然的老道一个不察，脚下一个趔趄，差点摔倒。这一趔趄，倒把清河老道的酒意惊醒了几分，略想了想，定了定神。他口中忽然响起一阵呼哨，其音清凉绵长。

“哈！这老头儿，虽然酒醉，中气倒挺足！”

正在清河老道这阵清啸余音袅袅之时，小言忽听空中传来一声鹤唳，转眼间便有一只白鹤自天外飞来，翅转如轮，带着呼呼风声落到屋前石坪上。

见到这只体形硕大的白鹤，小言顿时醒悟：是了，定是清河老道招来的仙鹤，他要骑鹤归山了。

正这么想着，谁知清河老道一步一摇，歪斜着上前，只把酒囊往白鹤背上一放，回头又忙着找老张头要来几根草绳，将酒囊在白鹤背上系牢，努力睁着醉眼，反复检查几遍，才在白鹤脑袋边嘟囔几句，然后将白鹤曲颈一拍，发放它回马蹄山住处去——

“哈！这老道，真是嗜酒如命，摆弄这般神通，原来只是要将酒运回。”

见此情景，小言忍俊不禁，又见清河老道醉态可掬，不管不顾地伸脚朝山路上踏去，便赶紧上前扶住，一直将他送到山上石居才返回。

下山之时，被清凉的山风一吹，些许酒意便已完全散去。

在月影斑驳的山路上彳亍而行，再回想刚才清河老道一路又歌又唱的醉憨模样，小言忽然觉得，这位相交多年、看似俗气非常的老道，却比自己之前遇见的所有才智之士都更为睿智。

下午在后山听了清河老道那番话，一直还只觉得淡淡然，但等白日的喧嚣过去，行走在夜深人静的山路上，再想起他那番话，小言忽觉得，为求大道至理，甘顶各样可怕的罪名，烧掉三清教主的圣物手稿，需要何等的见识与勇气？

在风吹林叶的松涛声中，小言想到，三清教主能想出这样的办法，让后辈道门衣钵弟子不拘泥前人的死物，固然是大智大慧，但悠悠后世，真敢依言而行的后人，千百年来，又能有几个？

这般想着，便有一阵山风吹来，让他只觉得遍体清凉，神识更明。小言更加迈稳了步伐，顺着山径一路前行。在他身后，清光相随，山月逐人。

到了第二天，小言便带着雪宜、琼容，带上礼物，去城中拜访故旧。头一个，自然是小言的启蒙恩师季老先生。

在季府书房拜见季老先生，这位德高望重的季门族老，见到自己当年无心栽培的贫家少年，今日竟成了大材，不仅成了上清宫四海堂堂主，还被朝廷特擢为中散大夫，内心想着这实在是了不得！

成为中散大夫，对于小言这一寒家子弟而言，十分难得，季老先生着实替他高兴。不过因自家族中本就官宦辈出，这点于季老先生倒还罢了。倒是小言所入的上清宫，在爱好清谈的士林老先生眼里，正是玄门清谈的正宗。成为平时都难得一见的上清宫高人中的首脑，那更是难得！因此，等真的见了小言，再看看他身后跟着的那两个女孩，老先生便乐得合不拢嘴，口中连道：“书中自有颜如玉，书中自有颜如玉！”

等奉上给老先生的礼物，小言又去当年读书的塾堂中拜过了孔子像。之后，又在季老先生的强烈要求下，跟季家私塾中那些读书子弟宣扬了一下自己当年是如何勤勉读书，这才事业有成的。自然，当年逃课做工之事，已换了个角度，说成养家糊口之时仍不忘读书，端盘送碗之际想的都是圣人之言！

有时候真奇怪，同样一件事情，换个角度说来，能立马从不好变成好。

之后回到书房，小言偶然说起他也教两个女弟子写字，季老先生便大感兴趣。说得几句，琼容便自告奋勇，在纸笺上写下几个字。为了不给堂主哥哥丢脸，书法时好时坏的女孩这回很聪明，只写了自己最近练得极熟的“寿”字，柔逸娟挺，一连写了好几遍。

自然，这样好看的书法，老先生一见之下顿时大乐，当即许下诺言，让这名再传女弟子提个要求，无论什么，他一定满足。

谁知，预备送出天大礼物的季老先生听了小丫头的要求，顿时哭笑不得。原来，琼容什么都没要，只说想拉拉季爷爷下巴上好玩的山羊胡……

望着恩师无可奈何地弯下腰，让小妹妹扯了扯胡子，小言心中无奈地想：唉，这确实挺符合琼容的脾气……我这做哥哥的，也算是教导无方……

不过幸好，自己的老师看来很喜爱这个写得一手好字的可爱小丫头，对于这样几近无理的要求，竟毫不介意。季老先生依言履行诺言之时，倒仿佛是一位正在逗晚辈玩耍的慈祥祖父。

跟季老先生谈过一阵养生之道后，小言又去了花月楼。心怀坦荡的少年堂主，对于自己曾在大酒楼帮工的经历，丝毫没什么芥蒂。

这次重游花月楼，小言还见到了一个意想不到之人，这人就是那个曾和他打过一架的霹雳追魂手南宫无恙。

撇去刚开始的忸怩，已是一身护院打扮的南宫无恙告诉小言，自那次在花月楼被他教训之后，自己才知道市井中卧虎藏龙，人外有人。如此，便想到自己往日骄横跋扈自然惹下不少仇人，故而分外惊心。于是横行江淮的江湖豪客一时心灰意懒，只想找个安定所在，过过平静的生活。

见他倦了，他那两个好兄弟自然也是大为赞同，准备和他一起退出江湖。拿定主意，他们哥仨思来想去，发现自己最熟悉的，竟还是那家被逼着洗了三天碗的花月楼。

一番游逛，重新回到花月楼，跟老板娘夏姨一说，夏姨当即答应收留。夏姨是颇有见识的妇人，看出他们几个是真想改邪归正，正好原来的护院骨干小言去了上清宫，便让他们兄弟仨当了护院头目，还开出不错的工钱。

听了南宫无恙这番讲述，不经意时又见他和夏姨眉目间颇有情意，小言便哈哈大笑，半真半假地举杯敬这位南宫兄，祝他终于过上安定平稳的日子。

正当他为当年的故旧有了好结局而高兴时，却忽听身旁小妹妹琼容开口说道："你就是那个南宫大叔吗？"

"……是啊。"听见琼容相问，南宫无恙挠了挠头，有些不好意思。

小言闻言，侧脸看去，正看到这小丫头听了回答，忽然拿手紧紧捂住自己盘中的糖果点心，警惕地说道："可不许你来抢我的东西！"

原来在千鸟崖的那些平淡日子里，小言将往日发生的一些大事都讲给了这个爱听故事的小妹妹听。"一拳击退抢笛坏叔叔"的故事，正是琼容最爱听的段子之一。

且不提桌前南宫兄一脸尴尬，再说小言。

此时夏姨吩咐了楼中乐工给这几位贵客奏乐佐酒，听得丝竹声响起，小言朝乐池中看看，发现那些往日的旧搭档倒是大都还在。于是小言一时技痒，便站起身来，走到乐工中去，取出玉笛神雪，和他们一起合奏起来。

小言和这班旧搭档配合得倒是娴熟，只是这样一来，原本热闹非凡的酒楼大厅便息了喧哗。那些来花月楼散心的酒客早已在交头接耳中知晓了小言的身份，现在见他这位上清宫高人、朝廷命官亲自奏乐，与民同乐，顿时个个正襟危坐，神情严肃地欣赏起来。

见这样，小言觉得坏了客人兴致，反而有些索然无味。为了不影响当年老东家的生意，小言搁下几匹丝绸礼物，很快便告辞离去。

等出了花月楼，小言又陪雪宜、琼容去街上购买了首饰衣物。

现在这俩女孩十分有钱，因为今早临出门时，小言娘塞给她俩几锭白银，让她们给自己买几身绸料衣物，不要舍不得花费。

有此举动，是因为小言娘虽然只是寻常村妇，但心思十分细腻。观察了一两天，她已经看出，这两位在她心目中有如天仙的女孩身上穿着的衣物，还不如城里的姑娘小姐穿得华丽，琼容小姑娘昨天穿的衣袄，背后还有两道缝补的针脚。于是她知道，恐怕自己的孩子小言延续了自家贫门小户一贯的俭省习惯，平时不大舍得给她们花钱。这样一想，小言娘顿时大为歉意，当即从首饰匣子中取出五十两白银，分给雪宜、琼容花用。

说起来，此刻小言的爹娘比他们儿子还有钱。先前小言在郁林郡见到小盈，知道她身份后，生性孝顺的少年实在记挂家中父母生活，但自己又不知如何上奏，便少有地厚着脸皮请小盈帮忙，看能不能在合适时帮他“递个奏表”，请朝廷不要把他的俸禄发到上清宫，而是全转到饶州家中。

当时见他诚惶诚恐的样子，小盈倒觉得有趣。小言让自己帮他“递个奏表”，那是因为他想象不到自己的公主威仪。在小言眼中看起来牵筋动骨的大事，在她自己眼里，只不过是随口一句话而已。

略去这些隐情，到了第三天，小言刚想着要在家中清闲一日，却忽听山道上一阵敲锣打鼓，嘈杂的脚步声顺风传来。听了响动，小言忙赶出去，便看见一队人马打着饶州太守的旗号，正从山脚下朝他家赶来。

等到了他家石坪上，那些打头的差役放下四五只披红挂彩的礼箱，轿子里则钻出一位穿着太守袍服的官员，满脸堆笑地迎上前来，跟小言打躬行礼。

见父母官来访，小言不敢怠慢，赶紧请他进门，好茶好点心地招待。小言爹娘见礼之后，便去内屋回避了。倒是琼容、雪宜不知这些官场规矩，仍旧站在一旁，看这位不速之客和堂主如何说话。

自然，见了这俩仙子一样的人物，太守开场便是一阵夸赞，直道小言大有仙福。

等客套过后，一阵闲谈，小言才知道，饶州原来的姚太守因为治内出了马蹄山这样的祥瑞，今年年初就升官到京城做事去了。他临行前跟这位新来的陶太守办理交接事宜时，偶然说起为官之道，便叮嘱说如果想和他一样升官，便一定要侍候好马蹄山的张氏一家。

虽然这位前太守说得高深莫测，但看他后来一路高升，陶太守自然不敢不听他的话。这次小言回来，刚到饶州城，陶太守就得了手下线报，又听了幕僚的谋划，等了一日，估摸着这位张堂主已经见访过各位故旧，这才敢来马蹄山上拜访他这位中散大夫。

一番谈话，不多久便到了午间，小言便留陶太守在家吃饭。见他挽留，陶太守稍稍推辞一下，也就欣然答应了。当然，这也是先前幕僚的设计：一顿饭之后，他和这神秘张家的关系便会更进一层。

饭后又稍微客套几句，陶太守才告辞离去。小言返乡之后的山居生活，终于得了些清闲之时。

就这样悠悠然然地过了几日，这天傍晚，正是云霞满天，夕阳正好。

赏看了马蹄山上的夕阳晚霞，吃完晚饭，小言娘便取出秋天收下的花生放在筛中，为来年立夏前的播种挑选饱满的种粒。

自然，饶是她再三推让，雪宜、琼容仍是上前帮手，和她一起在灯下挑拣。花生选种，都要选两荚甚或三荚的花生果，于是，琼容偶尔看到极为难得的三荚花生，便好像碰上了天大的喜事，举着让在一旁看书的哥哥看。

“真的很神奇呀！”又赞过一遍，小言看了看烛光下正认真挑种的小姑娘，心中却油然升起些感慨：唉，往日在饶州城中常做梦，想着去闯荡天下，御剑江湖,去看看外面千奇百怪的世界。只是,等现在走过一回,却觉得这样平常悠闲的日子也蛮宝贵的……

想到这儿,他不禁又想起前几天一次谈天时雪宜说过的话:"堂主,你跟那个老树妖打,雪宜很怕……以后堂主再遇上草木妖精,一定要小心,因为像我们这样的草木精灵,若是真的抱了必死的决心,把千百年不生不灭、轮转枯荣蓄积下来的精华全都爆发出来,那力量还是很大的。"

想到这话,小言便忍不住一阵后怕。再看看眼前灯下这幅温馨的图画,还有女孩们嘴边眼角盈盈的笑意,小言便暗下了决心,想着以后再有什么师门任务,能推就推,什么成就大业、无尽荣光,都是虚话,还是和自己亲近之人在山上好好颐养天年才对。

就在他这般想时,眼前原本明亮的烛光却忽然一暗,整个屋中顿时暗淡下来。原本有些出神的小言赶紧伸手拿了铜签,将烛灯重新挑亮。

流年似水,平淡的日子总是过得很快。在小言印象中才只是忽忽过了几日,便已来到岁尾年关。偶尔出了四季长春的马蹄福地,小言便看到饶州城中已经降下一场皑皑冬雪,到处都是白茫茫一片。

唔,要过年了。看着一朵晶莹的雪花在掌中慢慢融化,年轻的上清宫四海堂堂主便有些神思悠然:瑞雪兆丰年,来年应该一切都好吧……

第二章

春到香国，月中谁堕瑶魄

这一次回家过年，一家团圆，与上回在罗浮山中相比自然大为不同。年关将近，小言早早地就带着琼容、雪宜和爹爹一起，去饶州城里置办过年的货品。这些年货里，除了各种琼容爱吃的年糕点心之外，驱邪用的桃木符、屠苏酒，自然也都要买齐。

在购买桃木符时，小言无意间看见自己指间那个幽光隐隐的司幽冥戒，才突然发觉，自己虽然回家前后只不过大半个月，但似乎和那些打打杀杀、神神鬼鬼的日子隔了很远。

撇去杂念，小言在家中安心等着过年。到了除夕前一天，山上道观又派下个道童，给四海堂堂主家中送来一副上清宫马蹄别院院长亲自制作的驱鬼桃木符。

其实不用道童说明，小言一看到桃木板上那些歪歪扭扭的熟悉笔迹，便知这一定是清河老道的手笔。

到了岁尾这一天，整个家中都忙碌起来。雪宜、琼容一起帮着小言娘打扫房屋，小言则去山下村中帮那些乡邻绘画桃木符。小言的爹爹忙着拿出家中珍藏的列祖列宗画像，一一珍而重之地悬挂在正堂中，又排列好香炉，点起平时舍不得用的上好檀木香。等到入夜，这一家人还有琼容、雪宜，便围在桌旁一起吃年夜饭，喝屠苏酒。

此时山居中酒桌上热气腾腾，他们旁边还燃着一只火炉。虽然马蹄山中并不冷，但这是历年来的习惯，好像要点起炉子才像过年。当然，这火炉也不完全是摆设，现在雪宜、琼容还有小言娘要喝的屠苏酒就在炉子上面热着。据说，女子是不太能喝寒酒的。

吃过年夜饭，小言一家人便开始祭拜自己的祖先。

说起除夕夜叩拜祖宗的仪式，和村里其他人家不同，小言家除了要祭拜所有留下影像的祖先画像，还要祭拜孔圣人像。这规矩，是小言跟着在季家私塾中读书那年，由他爹爹定下的。而现在，孔圣人旁边又多了一幅三清教主老子像，这自然是因为小言去上清宫当了四海堂堂主。

在小言跪拜自己列祖列宗时，雪宜、琼容也跟在后面一起跪拜。按理说，这俩仙子神女一样的人物并不是张家人，但张氏夫妇见她们同心跪拜，只是喜上眉梢，并不拦阻。对他俩来说，虽然儿子并未明言，但看得出来，自家宝贝儿子的终身大事似乎并不用他们发愁。

拜过祖先，接下来便是燃放鞭炮，驱赶扰民的年兽。这样的活动琼容早在几天前就翘首盼望，此刻等炮仗钻入天空，竹鞭遍地炸响，琼容便兴奋得又跳又笑，一起帮着鞭炮驱赶那只并不存在的怪兽。

放完鞭炮，意犹未尽的小姑娘便和大家一起守岁，准备亲眼看着新年第一天的到来。只是，她先前闹了一夜，又喝了些酒，忍不住先困了，便在迷迷糊糊中被雪宜牵回房里，脱衣睡觉去了。等她睡着，雪宜重又回来，陪张氏一家人围在红泥火炉旁一起谈话闲聊。

看着眼前这个如仙如画、清灵脱俗的女孩，小言娘便又提起了上回来家中送月饼礼盒的仙女灵漪儿。此事小言之前已听爹娘说过，现在又听娘提起，他眼前便宛然浮现出灵漪儿的娇娜模样。既然闲着无事，他便去打了一铜盆清水，将白玉莲花浮在水中，希望能见灵漪儿一面。只是这法子往日百试百灵，这一回却意外地失效了，虽然清水中的玉莲层层绽放，一如预期，但如水荡漾的莲心中却只是波影暗淡，看不到分毫灵漪儿的影像。

“许是她也要去爹娘宫中，和他们一起守岁过年吧……”望着自己倒映在水盆中略有些失望的脸，小言这般想道。

在山村冬夜的围炉夜话中，不知不觉窗户便渐渐转白，张小言成为上清宫四海堂堂主的第二个新年，就这样悄悄到来。

按照乡间规矩，新年头一天的大清早，家中的男丁应该趁早去田里祭拜土地。本来琼容也要跟去，只是小言和爹爹出发时，她还在床上呼呼大睡，便只好由雪宜提着一篮祭物，三人一起朝饶州城外张家的田亩行去。

下了山，小言便发现天气大寒，那些先前融化的雪水被冻在泥里，脚下道路变得极为坚硬，踩上去便发出咯吱咯吱的响动。

到了自家地头，老张头便在田埂上摆开祭品，铺好蒲团，然后和小言依次跪拜祷祝，祈求新一年田里收成大好。

祭拜完毕，将杯中酒水浇在地头，小言便和爹爹按着乡间规矩，一起去田里锄了一会儿地。当然，这时候天寒地冻，这么做只是示意勤力，并不是真正要锄田种地。

在这父子俩锄地的当口，雪宜在一旁将那些祭拜用的猪肉、酒水，还有一些豆腐、果品收起，等小言他们锄地完毕，便提篮跟他们一起返回。

这次小言回来，主要便为和爹娘一起过年。年关一过，又过了十来天，觉得也该回山复命去了，他便辞别了爹娘，依旧和琼容、雪宜一起，三人往南边罗浮山的方向行去。

小言三人一路南行，大约在二月尾上，重新踏足罗浮山。这时，一路上已是草长莺飞，杂花生树，到处都是一派大好春色。

重新入得罗浮山，三人顺着熟悉的山路朝洞天深处行去。

这一路上，也零星遇着些下山的弟子门人。经得上次嘉元会一力擒魔，四海堂这三人早已是众人皆知。现在见了小言他们，那些晚辈弟子即使年岁再长，也都个个真心行礼，口称“堂主师叔”，避让一旁，让小言先行。其中有些消息灵通的，已从马蹄别院传来的消息中得知张堂主已完成师门任务，找回水精，更是满口称贺。

他们三人一路攀爬，半走半飘，不多久便来到云蒸雾罩的上清宫飞云顶，稍微通禀一下，便被守门弟子请入飞云顶议事之所澄心堂。

进了门，小言再次见到了笑容可掬的灵虚掌门。过不多久，朱明峰崇德殿的灵庭子、栖霞峰弘法殿的清溟子、郁秀峰紫云殿的灵真子三人得了飞云顶传信，也一齐赶来。等见到四海堂堂主风尘仆仆归来，这几位声望尊隆的上清宫道尊便一起向他祝贺。

此时，有了先前清河老道告知的内情，小言再看眼前这位满脸平和笑容的灵虚掌门，观感已大有不同，内心充满崇敬之情。

跟门中前辈郑重见礼之后，小言便把这一路上遭遇的事情原原本本地禀告给他们听。直到这时，回头细细检点这一年游历之事，小言才突然发觉，原来自己下山历练一年，竟遇到了这么多匪夷所思之事。原本一路走来还不觉得如何，等现在跟掌门讲述，却发现自己这一年间的游历多数竟是颇为神奇。

在他讲述之时，小言发现，眼前这些见多识广的上清宫前辈听得也是极为入神，不时颔首微笑，甚至还出言追问后来如何如何。

就这样一路讲述，等说到最近找到水精之事时，便提到了那位被树妖杀害的道人蓝成。原本小言并不肯定他是不是上清宫弟子，只是当他刚一提起，原本听得入神的灵庭道长便忽然大恸，说蓝成正是他座下弟子，一向勤勉内敛，差不多也是一年多前被派下山去寻访水精，没承想却这般遇害！

听得蓝成遇难，旁边几位长老也一齐悲痛。小言见状，赶紧把蓝成后来的际遇说给他们听，希望能让他们不那么难过。

“唔。”听完小言讲述，灵虚子开口说道，“得宝草，改吉名，又居司幽冥戒中修行，对他来说也未尝不是一件仙缘。”

听灵虚子这么一说，小言便把蓝采和从戒指中招出来，和几位长老相见。小言也没想到，隔了几月不见，原本光影暗淡的道魂现在已变得神采充足，宛如生时。若不是小言预先说明，又见蓝采和从方寸小戒中飘出，即使他师父灵庭子也差点察觉不出他和自己已是阴阳殊途。

稍后，等蓝采和捧出那只华光流溢的龙剑花篮，灵虚子细细察看一番，便告诉小言，说他赠给蓝采和的这株七叶三花龙剑草乃是难得一见的仙奇异宝，因为它的叶按日月周天排布，花按天地人三才生成。若是蓝采和悉心修炼，假以时日，说不定便能炼出一件仙家法宝，并成就仙家大道。

说起来，眼下在场诸人大多是看淡生死之辈，初闻噩耗的悲伤过去，又听了掌门这一番话，个个都脸色霁然，反向这位幽冥弟子道贺。当即，灵虚子便给蓝采和传授了一套适宜精魂修炼的道法，并嘱咐他从此就归在四海堂张小言门下，居于张小言的法宝司幽冥戒中修行。

见各位前辈这般看顾，前世的蓝成现在的蓝采和自然唯唯诺诺，满口言谢。虽然，他对于自己生前的事已实在记不起分毫。

当然，这时候小言并未顺便把那个自称恶灵冥王的宵芒召唤出来，向各位师长引见。毕竟，这位冥王大人脾气太过火爆，先前便曾扬言，万一自家主人门中长老不让他加入四海堂，便一个个杀掉，让自家主人做掌门。对于这样行事乖张、无法无天的凶恶灵怪，小言觉得还是日后慢慢引见才好。

之后一众上清宫首脑便来到观外飞云顶广场中央的太极流水前，请雪宜作法逼出苏水若留下的水精菁华水之心。

当那团蔚蓝如海的水滴从雪宜如月似雪的眉心中飞出，渗入阴阳对合的流水太极之中时，小言只觉得四下里乱云飞动，仿佛猛然有一股磅礴水汽从四面八方朝飞云顶涌来。这一刻，在场所有人都似乎要被这沛然汹涌的云气托起！看来，上清宫威名卓著的水极四象聚灵阵在这一刻重又正常运行了。

等这一切事情完结，灵虚掌门当即请众人重新回到观中内堂，吩咐道童铺排开酒席，亲自作陪，为张堂主接风洗尘。现在在这些上清宫前辈眼里，年纪轻轻的堂主和他们一起同席，已是非常自然合理。

此后，小言三人又回到了千鸟崖。

久别归来，才发现千鸟崖四海堂石屋屋檐下不知何时飞来了一对燕子，正在衔泥筑巢。琼容觉得十分新奇，便整天全神贯注地关注这件事。等燕巢筑成，她又开始观察那对燕子夫妇如何孵育儿女，哺养乳燕。

琼容现在已经找到规律，每天定时观看，还给每只乳燕都取了好听的名字。虽然，她的小言哥哥根本分不清它们到底哪只是哪只。

等一年多的奔波辛劳结束，重新回到千鸟崖上时，小言便觉得这样的平淡日子十分宝贵难得。闲居千鸟崖石居中，他从没像现在这样留意过眼前这片平静的天地。

这时候，正是阳春三月，罗浮山中繁花如锦，万木葱翠，四处都是一派生机勃勃的景象。从千鸟崖石坪前的袖云亭向四外的山野中望去，只见处处树木葱茏如烟，万山青遍，翠浪碧海一样的山林间点缀着一块块绚烂的花林，在明媚的春光中熠熠闪光，仿佛天上一段瑰丽的霓虹落到地上，化成一片片绚丽多彩的锦缎。翠丽明烂的春光铺天盖地，也将对面山上那条流坠不息的瀑布染成一柄宝光流动的白玉如意。

天地之间,浩荡的春光无处不在。被满山葱茏蓬勃的草气花香一熏,小言觉得身边的空气也充盈着奇异的活力。原本空明通透的空气里,好像时刻跳跃着无数个隐形的精灵,随着山野中那一声声悦耳的春鸟鸣唱,在一片空明中翩跹起舞。如果不是因为它们蝶一样的舞姿,这座寂静无风的千鸟崖上,又怎会有一阵阵草气花香不停地扇入自己口鼻、沁入心脾?

正所谓春光如酒,阳春三月的罗浮山场,正酝酿蒸腾成一坛美酒,醇冽浓郁,直欲把人醉倒。

鸟语花香中不知时日流转,不觉便到了四月之末。这一天将近傍晚,雪宜、琼容在石屋里做饭,小言在袖云亭中读经。偶尔读倦了,合卷小憩之时,便见一阵雨丝翛然而来,细细筛在千鸟崖上。春雨溟蒙之时,远处片片的雨云,已变得和远山一样淡不可辨。

“莫放春秋佳日过,最难风雨故人来。”

见云雨忽来,小言忍不住吟诵一句。只是现在千鸟崖上人迹罕至,又怎会有什么故人前来?

不知是否冥冥中自有因头,恰在这一日傍晚饭后,正当小言远眺云销雨霁后的夕阳山景时,忽然见天空中一片紫云漫来,其中有环佩之音叮咚作响!

第三章

山间置酒，遥闻水唱渔歌

四月末春光渐深，这晚小言和琼容、雪宜用过晚饭，抱霞峰前斜阳渐下，山岚初升之时，西南天边一片紫云漫来，须臾间便铺展到千鸟崖前。等亮紫的霞光照遍千鸟崖石坪，云中便忽然堕下一人，怀抱一猫，环佩声琤纵杂鸣，飘然落在袖云亭前。

此时小言正在崖上观看山景，见女子落地，发现她竟是盛装而来：身上穿一件红领云光褾襈裾，上绣织金彩云纹。肩披一袭云罗金绣浣霞帔，腰间束一带柔黄玉丝绦，上面缀满金珠璎珞。璎珞流水，柔顺地垂在窈窕婀娜的腰肢上，末端缀着细小的金铃，发出一阵阵悦耳的清鸣。

“是你？你来干什么？”

原来此刻飘立在小言面前的女子正是他曾经掳掠绑架的那个魔族小宫主莹惑。现在见她无事登门，小言立时满脸警惕，心里寻思着她是不是前来寻仇的。

见小言一脸警惕，紫发星眸的女孩扑哧一笑，道：“来看看你不行呀？”说着便将手中的小白猫放到地上，“怎么，张大堂主不欢迎吗？”

“……还好。”听了莹惑之言，小言又朝她身后那片云光中小心张望，侦

察半天，发现她果然是一人独来，便放下心来。

等疑虑尽去，又想起当日将她绑架之事，小言心中也有些歉然，便招呼雪宜抱来一捆竹席，铺在石坪西南那株枝条蔓伸的梨花树下，自己又去橱中取来淡酒果脯，招待这位突然上门的客人。

这时，琼容叫过魔女姐姐之后，已蹲在地上和她带来的那只小白猫相对而视，似是十分投契。

盘腿坐在竹席上，轻咂了一口淡酒，小言饶有兴味地看着无比融洽的一人一兽，便跟莹惑说道："嗬！看起来琼容蛮喜欢你那只小猫的。"

却听莹惑说道："那可不是小猫！那是我养的一只金鬣雪纹虎，也就是你们常说的白虎。今天来你这儿玩，正好带它出来透透气。"

"是吗？"听莹惑这么一说，小言朝那只雪球一样的小兽仔细看去，这才发现，就和山中猛兽一样，此刻那只小雪兽的两只环眼在暮色中幽幽放光，见他看来，便侧头朝他咧了咧嘴，露出满口利牙，利牙在微薄的暮色云光中闪耀着寒光。

见此情景，小言顿时大惊，赶紧连声将琼容喊回，又急切责问莹惑道："你怎么带只老虎串门？这虎咬不咬人？平时吃素还是吃荤？"

"嘻！"见小言吃惊，又连声发问，莹惑掩口轻笑，把手一招，啾一声呼唤，那小白虎便咻一下蹿回她怀中。

摩挲着小白虎颈上毛皮，小魔女哧哧笑道："嘻嘻，不过是一只小老虎，就把张堂主吓坏了？怎么前些日子绑我吓我时，就那样神勇无比？是不是觉得我这样的小女子好欺负呀？"

听得一脸诡笑的魔族小宫主自称小女子，小言一时无言，又朝她怀中爪牙展动的小白虎看了一眼，便问道："这老虎真不咬人？"

"是呀！"莹惑见小言认真问起，便回答他，"其实这小白虎不是山间寻常野兽，而是由五行金气化成。金气乃五行正体，能柔能刚，易有易无，正是西方之长。这只雪纹虎，正是我魔域神山中金气化形而成。”

“哦，这样啊。”听得莹惑之言，小言再朝这只五行小兽看去，只见它毛色纯洁，浑身洁白如雪，只颈间有一圈鬣毛金光闪耀，显得甚为华贵。

多看了一两眼，小言却忽然心中一动：“咦？说起来，这雪虎小兽，倒和琼容本相有几分相似……”

到得这时，东边天上已是月牙初升，石坪上绿影婆娑，清光满坪。幽洁的月华，混杂着身边若有若无的花香，正是月色花光两两相宜。小言便招呼雪宜也来花下酒席中坐下，四人一起品赏上清宫特有的百花春露酒。

据说，这酒是采罗浮山中百花春露酿成，入口清洌甘醇，不易醉人，正宜女孩家啜饮。

小饮一阵，正自无言，却听莹惑忽然开口说道：“小言，今天我来，其实是想特地告诉你，那条黄角小龙说的关于我的坏话，都不是真的！”

“呃……”听了这句没头没尾的话，小言开始还没反应过来，等愣了片刻，才醒悟过来，“黄角小龙，你是说灵漪儿吗？”

“是啊！就是她！”提到灵漪儿，小魔女脸上不自觉便露出几分怒气，“这小龙回去，一定会跟你说我很多坏话！”

“呃……”听了这话，小言仔细想了想，答道，“莹惑，其实没有。上回回来后，灵漪儿根本没提到你什么。”

“真的吗？”愁虑多日的女孩听得此言，还有些半信半疑。不过，看眼前小言脸上的神色似乎也不像在骗人，顿时便放下心来，心情大为轻松。

莹惑正举杯喝下一大口酒，却听眼前小言开口问她：“对了，宫主殿下，其实我还真不知道你和灵漪儿是怎么结下仇怨的，现在好似仇人一般。”

“哼！”一听小言提起这事，莹惑便很是生气，恨恨说道，“小言你是不知道那小龙有多可恶。她曾跟人说我整天坐在魔女峰上风吹日晒，肤色一定不好！小言你说这气不气人?!”

“这个……”小言想了想，问道，“灵漪儿怎么突然这么说你?”

“这……”听小言这么问，莹惑忽然有些迟疑，停了半晌才说道，“其实也没什么啦！人家之前只不过才说了她一句，说她住的地方阴暗潮湿，不见天日，一定会闷出病来……”

“……这样啊。”

稍后小言又问了几句。原本还以为她俩有什么不可化解的深仇大恨，谁知闹了半天，却都是些鸡毛蒜皮的小事。

见小魔女愤愤，小言少不得要从中调解几句，希望她俩能以和为贵。

小言口才也真的不错，听他说得多了，原本悻悻然的魔族小宫主最后竟笑了起来：“听你这么一说，好像那条小龙也不是那么可恶。”

说到此处，莹惑又似想起来什么，便放下酒杯，做出一副惊奇模样，装着百般迷惑地问道：“咦？奇怪哦！怎么几天不见，你这个无赖少年竟变得这般正经?”

小言一听此言，顿时怒容满面，力辩其非。

见小言生气，习惯颐指气使的小魔女却也不敢再怎么戏谑说他。

稍停一阵，正当雪宜起身回屋去添酒时，莹惑便道：“小言，原来我听琼容小妹说过，说你和小龙她们在山崖上吟诗作赋，好生风雅，怎么今天我来，就这般轻慢于我?”

听了莹惑这话，小言便有些迟疑，想着要不要酬答一番。

正在此时，恰听到一阵轻轻的脚步声从身后石屋方向传来，伴着一缕熟悉的幽香，恬恬淡淡，甚是清幽——那是雪宜从屋里又打了一壶百花春露酒过来。

小言忽然想起前天在诗册中翻到的诗句，觉得甚为恰宜，便向眼前颇为期待的小魔女轻轻吟道："遥知不是雪，为有暗香来……"

在春崖花下置酒谈天，不知不觉一个多时辰便过去了。

这时山间夜雾渐起，天心若水，星月流光，千鸟崖上花香虫语迷漫一坪，甚是融洽温馨。

其后要强的小魔女想起自己曾被小言绑架，打又打不过他，便寻摸着是不是要在某处胜过压倒他。

小魔女起身在石坪上偶一踱步，看到袖云亭中的石桌上刻着一只棋盘，大喜过望，便邀小言下棋。

谁知，自雪宜取来棋子，小魔女全神贯注地跟四海堂堂主下过半晌，却见小言甚是小气，居然寸步不让，不多久自己这方棋势渐颓，渐呈败象。等到自觉回天无力之时，小魔女便纵起怀中小白虎，扰乱了棋局。

小言不觉看看天上，发现已是月过中天，逐渐西移，便让莹惑回去。

等莹惑蹑足飞举，升入一片云雾中时，这一夕雅会便就此完结。

环佩声远之时，已是星斗渐稀，四山沉烟，听弘法殿中传来更鼓，已沉沉第三通矣。

过得这晚，又过了些时日，大约就在五月之中时，千鸟崖前忽然来了一名不速之客。

正在亭中读书的小言只听得眼前鹤发云鬓、气朗神清的老者朗声说道："张堂主，老朽乃南海谋臣龙灵子。此番前来，特请张堂主与吾家主公再会于南海！"

"哦？"听得龙灵子之言，小言倒有些疑惑，便问道，"敢问此次水侯何故相邀？"

听小言发问，龙灵子一脸谦恭微笑，说道："堂主不必疑惑，其实是主公上次请你去南海同看阅军，其间言语颇有唐突，心下不安，因而特命老朽前来传话。还望张堂主不要推托。”

说到此处，龙灵子察言观色，见小言还有些迟疑，便又添了一句：“不瞒堂主，此刻四渎灵漪儿公主，也在我南海宫中做客！”

第四章

幽花零落，只恐香去成泥

与灵漪儿许久不见，小言倒也有些想她。听龙灵子说灵漪儿就在南海做客，小言稍一沉吟，便即答应。

听说小言要去南海，琼容自然也想跟去。只是那位须发皆白的南海使者听了堂主身旁小妹妹的请求，却微笑着摇了摇头，说这次他家主公指明只邀小言去，至于其他人，他也不敢擅自做主。

见他这么说，小言便好言安抚琼容，说他出门远游，也需要有人看守门户，正好请她和雪宜在家照看，反正过不了多久他就会回来。

听他这么吩咐，琼容便乖乖返回石屋，和雪宜一起帮小言收拾行装。

其实不让她们跟去，也颇合小言心意。他上回带琼容、雪宜一起去南海观看阅军，见到浩阔壮烈的场景后，就有些悔意。想那刀剑无眼，漫天的电戟光矛飞来飞去，万一误伤了琼容、雪宜，那可大为不妙。

等换上像样的袍服，小言便跟雪宜交代了一声，让她稍后去飞云顶禀告一下，然后便脚下生烟，飞起云光一道，和龙灵子一起升到半空。

等飞到半天云层里，小言看到在远处的云丘雪堆里停着一辆明光灿然的羽盖云车，其上云虡画辕，金纹五彩，甚是华美。云车之前的青辂上，套的是两只怪兽，看那细长无角的身形，应该是海里的龙兽蛟螭。此刻，那两只蛟螭正在云堆中不安分地咆哮崩腾。

等小言与龙灵子两人从寒冷的冰雪云堆中飘飞过去，坐到云车上的大红缨罗座中，驾前蛟螭不待吩咐便鳞爪飞扬，遍体云雾，朝无尽的远方奔腾飞去。

在高天云雪中一路穿行，大概就在这天傍晚，这驾南海派来的蛟螭云车拖着一身红彤彤的夕阳余晖，在波涛汹涌的南海烟波中分水而入，一路奔腾，冲入清霭流蓝的南海龙域。

等到了龙宫中，下了螭车，龙灵子便在前面引路，将小言请入一座白玉穹顶的珠贝宫中。小言看得分明，他们两人走入的这座宫殿珊瑚玉门顶上錾着两个古朴雄浑的大字：玉渊。

"是张兄弟来了吗？"刚踏进玉渊宫门，还没等小言两眼从宫中明晃晃的珠光宝气中恢复过来，便听得前面传来一声豪迈的话语，"本侯此番冒昧相请，又有失远迎，还请张堂主见谅见谅！"

"哪里哪里，孟君侯您客气了！"

说这话时，小言两眼已经适应了玉光四射的玉渊宫厅。凝目看了看，小言发现偌大的一座宫殿里只有水侯一人立在长长的白玉案旁，一脸灿烂笑容，似乎对他的到来极为高兴。

等和龙灵子走到水侯近前，小言跟水侯见礼之后，又略略客套了几句。孟章水侯微一示意，已经侍立一旁的龙灵子顿时会意，两手轻轻一拍，便见空明中忽有一只只碗碟望空飞来，个个盛满热气腾腾的珍馐美味，流水般依次排布到白玉桌案上。

见酒菜排布整齐，主人便执杯祝道："向日一别，甚是追慕堂主风采，每每想起，甚为惆怅。今日我等又得相见，来，干了此杯！"

且不说这酒席间的往来客套，让小言觉着有些奇怪的是，来之前龙灵子明明说灵漪儿正在南海宫中，但此刻孟章水侯只管敬酒，于灵漪儿之事却只字不提。不过，虽然觉得有些奇怪，但见孟章正在兴头上，小言也不扫兴，当即便觞来卮往，和孟章殷勤喝起酒来。

在他们宴饮之时，龙灵子便在一旁相陪，间隔着给他二人斟酒。见他这样的鹤发老者给自己殷勤倒酒，小言倒觉得有几分过意不去。只是席间孟章言语热烈，小言一时也顾及不了太多。

这场酒宴对小言来说的确有些莫名其妙。饮到酣时，醉意醺醺的南海水侯起身离席，将手一伸，掌中凭空多出一条电芒闪烁的利鞭，在空荡荡的宫房中执鞭踉跄而舞。

在电光鞭影绕身而飞时，小言听到威震四海的年轻水侯踏节而歌：

寿夭本由天兮，
穷通自然。
数成无始上兮，
缘定生前。
天地同归此兮，
阴阳毕迁。
可笑凡愚子兮，
痴心学仙！

歌咏之间，言语含糊，小言一时倒也没有完全听清。等孟章舞罢歌停，重回座中，小言便向他鼓掌赞贺。

“见笑了！”见小言称赞，向来目无他人的高傲水侯少有地谦逊两声。

此时水侯兴致勃发，跟小言殷勤道："此鞭名天闪，又名裂缺，由八条闪电天然铸成，乃天界罕有的至宝神兵，由雷神师父传于我。"

"哦?!"听水侯介绍掌中兵器，小言顿时打起十二分精神，朝他手中那支电芒纠结的神鞭天闪看去，想要看个仔细。

谁知，水侯已经半醉，似是丝毫没留意小言的神情，话音稍落，便将双手一合，那件电光缭绕的神兵转眼就消失无形。

没看到雷神仙兵具体模样，小言正有些失望，却见酒意酣然的水侯忽然睁眼，大声说道："张……堂主，上回我跟你说过的话，你后来想得怎么样?"

"呃……"宴饮正酣，突然听他问起这个，小言觉得很是有些突兀。

不过水侯问的事，自从那次从南海离开后他就已经反复想过，此刻不用细想，当即清咳一声，神色认真地回答："君侯有此问，请恕我这逆旅外臣斗胆进言。其实，水侯之前所言差矣。"

"哦?"

听得此言，小言面前两人同声诧异，原本酣醉的水侯脸上，更是一脸凛然。

只是此时小言神色不动，依旧神色谦恭地回答："上回有幸面聆君侯一番谕旨，已确知水侯心慕四渎龙女。君侯之言，甚为妥帖有理。只是在下回去仔细想过，觉得世间情事，不外乎'两情相悦'四字。依我愚见，君侯若想和四渎龙女鸾凤和鸣，其实不应问我。"

说到此处，小言略停了停，然后一脸平和地说道："此事不应问我，而应问灵漪儿。"

此言说罢，小言便不再多言其他。

张堂主此时只管一脸谦和地望着孟章水侯，孟章水侯也是杰出之士，听到这里，如何不晓得小言的言外之音，未尽之意。因而等小言刚一说完，孟章立时圆睁双目，瞪视小言，半天无言。

到得这时，见席间气氛尴尬，陪坐一旁的孟章谋臣龙灵子赶紧起身打圆场。只是等他倾身向前，正要说话时，却已听得主公开口："好！"

龙灵子闻言讶然望去，见到自家主公正是挑指称赞："不意道门贫家儿竟有此等见识！"

一语说完，孟章仰天大笑，声震屋宇。朗笑声中，又执壶递前，亲自给小言斟上一大觥酒，两人又是将樽中美酒一饮而尽。

此后席间也就剩下吃菜喝酒。直到酒过数巡，快到落席之时，孤身赴宴的张堂主才似突然想起什么，醉语恍惚地说道："敢问水侯，灵漪儿何在？为何总不见她出来一起宴饮？"

"唉！"同样满面红云、醉态酣然的孟章水侯听得小言之言，却叹息一声，有些惋惜地说道，"可惜。张堂主你不知道，今天我说你就快到了，但灵漪儿妹妹不知为何却先回去了。可惜，可惜！"

"哦，这样啊……"主臣二人看得分明，小言脸上露出一丝失望，喃喃说道，"是可惜，当初她对我有传授法术之恩，我一直愿执弟子礼，待她为师，只是近来一直未见，也不知如何谢礼……"

说罢，便颓然伏倒在白玉桌案上，碰翻两只金觥，弄得席上酒水流离。

听了小言这话，又见他伏倒案上，孟章与龙灵子对望一眼，说道："堂主醉矣！"

说罢轻轻击掌，顿时有两名婢女奔入，将醉酣的客人搀起，半拽半扶，搀到玉渊宫偏房卧室中安睡去了。

只是等小言走后，酒席却仍在继续。原本醉醺醺的孟章水侯，此时却一扫醉颜，眼中神光凌厉，直视龙灵子，沉声问话："此人……你怎么看？"

"这……"听主公问话，龙灵子有些迟疑，略想一想，然后恭敬回答，"依臣看，恐怕原本君侯与我都小瞧了此人。方才席上，此人闻贬抑之歌却似充耳不闻，见雷神之鞭浑不露丝毫惧色，其后又与君侯剖析，于关窍处其理甚明，一语道尽君侯尴尬处境，最后还卖傻装癫，申明自己对四渎公主只有师徒之情。这样看似无心之言，恐怕……”

“恐怕什么？”

“恐怕他已经觉察出自己身处险境，只想编个话，先行撇清，等哄骗过我等之后，好就此脱身遁去，再也不复前来！”

“哦？”听到此处，孟章目光炯然，凛然问道，“龙灵子你是说，最后他那话，不是出自真心？”

“正是。”

“唔，原来如此……”

此时水侯仿佛刚刚明白此事，若有所思。

静默一阵，正当龙灵子努力揣摩主公心意时，却听孟章开口冷冷说道：“哼！先前请灵漪儿来，她一直不肯，直到听说张堂主也在此，才肯前来。而到了南海，还未坐稳，只见小言哥哥未来，便怒气冲冲而去。照这般看来，灵漪儿心中，应该还是有那道门小子的！”

这时，原本神色有些激动的水侯反倒换了一副悠悠的口气，淡淡说道：“唉，看来此子不除，本侯是不能娶四渎龙族的公主为妻了……”

“对！”忽听主公悠悠道出凶狠之语，龙灵子却丝毫没有吃惊，反认为理所当然，“依臣看，主公当早下决断！这样一个小小道门堂主，如何敢阻挡水侯大计！”

“唔……”

等龙灵子兴奋地附和完毕，却见自家主公又沉默下来，一脸高深莫测。

跟着沉默一阵，龙灵子却似恍然大悟，叫道：“主公英明！知道此刻不宜直接剪除。因为四渎公主知道我南海曾矫言说这人到来，若是他这回出事，那公主定然善罢不了。”

“嗯，正是如此。”对于属下能这么快领会自己的意图，孟章满意地点了点头。

有了主公鼓励，龙灵子顿时来了劲，只是稍微一想，便兴奋叫道：“有了！臣有一计！”

“哦？赶快说来。”

“是这样，臣已侦知这小小堂主双亲俱在，其人又极为孝顺。既然我们不能直接对付他，不如——”

“混账！”龙灵子刚刚兴奋地说到这儿，便突然被怒气冲冲的水侯一下打断，“我南海孟章是何等尊神，又怎会使出这样龌龊手段！”

勃然大怒时，孟章眼中寒光一闪，眼前刚刚飘过的一只空明气泡顿时冻结，凝成一团晶莹寒冰，砰一声跌落在地，摔得粉碎！

见得如此，刚刚还颇有几分得意的龙灵子顿时浑身冷汗淋漓，伏地不停叩头，恳求君侯龙威宽恕。

“起来吧。”见老臣子震怖如此，刚刚还怒气勃发的孟章水侯忽然一笑，和颜将他搀起，抚慰道，“龙灵子，刚才我也是一时情急，切莫计较。其实你跟随我这么久，还不知道我是什么人？我南海水侯虽然有时为成大业不拘小节，但一向行事都还是方方正正、光明磊落的。”

说完这话，刚刚发怒的水侯却好像突然忘记刚才正在商议的大事，转而说起另外一件似乎毫不相关的事情：“罢了，今日虽然倦了，但烛幽鬼母一日不除，本侯便一日不得安稳。我现在还是巡海去吧，看各大浮城有无松弛懈怠。只是我这一去，就要两三天——”

说到此处，孟章顿了顿才继续说道：“龙灵子，我有一件事要托你去办。”

“什么事?”刚刚受了惊吓的谋臣战战兢兢地问道。

只听孟章郑重其事地吩咐道:“这几月,又到了我南海巨灵海兽配种的日子。在我出外巡海的这几天里,龙灵子你可要看好玉芝苑中的巨阳花,不可让人趁空毁掉。”

原来南海龙族向来豢养一种巨型海兽,每只有一两座山那么大,战力惊人,对南海龙军来说极为重要。

只是正如俗谚所说,“一山不容二虎”,这样巨硕如山的海兽,整个南海也极为稀少,若正常繁殖,恐怕几百年也产不出一只。

南海历年与鬼方作战,这样凶猛的巨兽极为有用,因此便使用南海另外一种特产神草巨阳花来为巨灵海兽催情繁育。这巨阳花极为厉害,只要喂下小小一朵,便能让身躯如山、几百年才发情一次的海兽立即情动。

南海水侯极为认真地吩咐道:“龙灵子,玉芝苑就交给你看管了,记得不要让闲人随便进去赏花,要是误食了那就不好——”

说到此处,威名赫赫的水侯瞑目沉思,须臾后睁眼继续说道:“唉,那些烛幽鬼怪,奸猾无比,最能诱人,龙灵子你可要将龙宫把守好,不要让鬼方奸细混进来才好……”

说罢,孟章不再多言,当即转身拂袖而去。在他身后,那位他倚重的谋臣细细咀嚼过他刚才说的每一句话,不知不觉间脸色却变得更加苍白……

且不提龙灵子如何招待小言,如何看管玉芝苑,再说茫茫南海龙宫深处,有一处水色清蓝的湖谷,四围里山礁如白玉屏障。在寂静清幽的湖谷底,银色沙滩上那株巨大花树下,有名雪色湖裙的女子正倚在巨大花树的根茎上。此时,身姿婀娜的女子面对清湖正静静蒸腾着一团团若有若无的云雾,其中偶有几绺飞来,便停留在她身畔缭绕不回,于是这人,这树,这雾,这湖，便显得格外凄清迷离。

“那虞波爷爷，说得准吗？”

原来这名与湖上烟云痴痴对望的女子，还在想着心事。

“虞波爷爷说，‘见红则喜’，到底是什么意思呢？”

已经寂寞千年的风暴女神此刻犹如一只柔弱的狸奴，一边想着心事，一边怯怯地看着眼前的烟湖。

正在汐影出神之时，她头顶上的海魂花树悄然落下一片花瓣，静静坠在她身旁。正自落寞凄清的神女随手将落花拈来，举到面前嗅闻清香。

“咦？”

过得一阵，原本落寞无聊的女孩无意中看了手中的玉石花朵一眼，却忽然惊得失声轻叫！在惊吃之时，原本执花轻摇的玉手也猛然凝固在空中！

“见红则喜，是这意思吗？！”

原来女孩指间那片玲珑剔透的花瓣中心，本应如封存在透明琉璃中的淡黄玉石，此刻却转呈一种艳丽的殷红——

“我终于能遇上一件喜事了吗？”

颜有暗影的女孩乍睹落花红颜，顿时既惊又喜，将信将疑！

第五章

花开海上，月湖暗流涌荡

殷红的海魂花落下之时，云霭氤氲的海湖边依旧清静如初。南海二公主面前的湖水清澈得如若无物，四围万籁俱寂，只听得见湖上云雾飘飞的响动。

和身边流幻无常的雾霭清岚一样，那片殷红花瓣给汐影带来的些许欢喜，过了没多久就消逝无踪了。这样虚无缥缈的好梦，千百年来她已经做过不知多少次，只是每次憧憬之后，身边仍只剩清冷的水雾。

“见红则喜”，会有什么喜事呢？自己身边的清湖，是南海龙域有名的禁区，除了上次那个不知情的少年迷路闯入，还有谁会来？能晓得这地方的水族，都知道白玉峰下蓝月湖有位颜容黯淡、脾气暴躁的女神，如有谁不小心闯入，便会被她愤怒的风暴撕成碎片。想到这里，汐影却觉得有些委屈：生得不好，就一定不近人情吗？

幽幽叹息一声，容颜落寞的女孩将手中花片轻轻放入眼前湖中，看着它轻轻地滑入湖水，打着飘忽的旋儿，朝湖底轻盈飘落。

“那个少年，会不会迷路再来？”

望着花片悠悠飘沉的清影，百无聊赖的女孩又想起上回那个有着一双清亮眼眸的少年，记起他手足无措的神情，又想起他竭力说出的安慰话语，于是嘴角边便露出少有的笑容。

嗯，反正闲着，就把上次那少年说过的每一个字再回想一遍，等回想完，今天的时光也就打发过去了吧。

这般想着，汐影便闭上了眼睛，倚在玉花树底专心地想起心事来。等她没了丝毫动作，海底湖中便显得更加凄清寂寞。

只是，这样惯常的寂静今天并没能持续多久。

正在闭目冥思的女神冥冥中突然听到一丝异样的声响，猛然睁开双眸朝对面山峰望去，只见壁立如屏的白玉礁岩上空，空蒙水色里突然飞来一道火红的光影，迅疾如流星，转眼就已奔到蓝月湖上空，又猛然从空中坠落，停在眼前的清湖面上。

"是你？"见到湖面那名来客的身影，汐影又惊又喜。

原来不知为何如此凑巧，此刻湖面上动荡停留之人，恰是她刚刚想起的那个少年。只是等汐影仔细看清，却发现少年身上现在好生异样：他浑身上下笼罩在一片火影之中，全身都好像在不停地朝外喷射出艳艳的火焰；原本清亮的双眼现在却一片通红，也好似要喷出火来。尤其让汐影觉得奇怪的是，在这片红影之中，少年脸上正不停地渗出金色的汗珠，一滴滴，一道道，结络成片，朝下不停地流淌，不绝如缕！

汐影打量之人，正是小言。

现在小言的脑袋里一片嗡嗡作响，浑身也火热异常，极为难熬。他现在已经想不起来，为什么在龙灵子招待了自己一餐之后，自己好像要爆炸开来，好像能听见自己经脉血管中有千万道热流在汩汩流转，将自己整个人变得滚烫非常。燥热的身体里，仿佛充盈着无数火热的岩浆，噗噗噗冒着气泡，不停涨大，像要随时朝外爆发。

冥冥中，小言仿佛听到有千百个高昂的声音在耳边呼喊："爆发吧，爆发吧！爆发开来你就解脱了！"

虽然十分想适应身体的变化爆发开来，但不知何故，煎熬中的小言脑中仅余的一丝清明告诉他，一旦听从了这样的诱惑放纵开来，自己就将万劫不复！

在这样痛苦的抵抗与奇怪的煎熬之中，不知是碰巧，还是冥冥中自有定数，冲突奔飞之际，他又来到了上回误入的蓝月湖。

等立到湖上，看到树底下之前见过的女子，小言的脑袋忽然嗡一声炸响。

正不知该如何说话的神女忽见少年眼中露出了一丝痛楚，缓缓抬起手掌，如有千钧之重，朝她摆了摆手，似是示意她快逃。

"让我离开吗?"揣摩着少年用意，汐影有些犹豫不决。

只在刹那之间，灵思敏锐的风暴女神清楚地感觉到眼前的少年突然像换了个人，一股暴烈阳和之气猛然弥漫开来，瞬间就将自己站立之处吞没。

这时，汐影感觉自己面对的已不再是曾经的那个亲和少年，而是一条潜伏深渊已久的凶恶蛟龙！

等觉察出这点，为时已晚。体质奇异、号为玄阴之体的龙族风暴女神瞬间浑身已鲜血淋漓。令人意想不到的是，从她身上流出的鲜血竟化为灵药，解了小言身上奇异的疯狂怪病。

原本烟云弥漫的海底清湖却在这一刻掀起一场风暴，湖上顿时风雨如注，湖水也被搅得晦暗浑浊。风斜雨下之时，原本寂静凄清的湖面上风雨如哭。守卫在禁区之外的两个蚌女听得禁区内风雨大作，只是对望了一眼，说了句"公主又在试演风暴法术"，便继续躲藏到明玉般的蚌壳中做自己的好梦去了。她俩并不知道，正当她们好梦正酣之时，里面千百年来毫无异色的湖水正因风暴女神意外受伤而升起奇异的颜色，丝丝缕缕，有如春日桃花般鲜艳殷红……

被邀去龙宫做客的小言，只觉得恍恍惚惚过了两三天，一睁眼，却突然发现自己已躺在一间简陋的小木屋中。

“我这还是在龙宫之中吗？龙灵子呢？他刚才不是向我敬酒，还要一起嚼食龙宫御苑中的鲜花瑶草？”

脑袋里猛然蹦出这几个念头，小言便想坐起身来。只是才一挣动，便只觉得浑身酸痛，身子刚刚抬起少许，又无力地跌落在身下的木板床上。

筋肉中传来的疼痛酸楚让他原本昏沉的头脑变得稍微清楚了一些，努力转头朝屋中打量一番，小言发现两边简陋的夹板墙上正挂着几条风干的咸鱼，还有几副陈旧的渔网鱼篓。

“嗯，怎么会突然睡在渔屋之中？”

虽然身上酸楚依旧，但现在小言的头脑已完全清醒过来。

正当他凝聚全身力气想要再次挣扎起来时，忽听得屋外传来一阵爽朗的渔唱。除了开头几句着忙中没听清楚，后面的唱词已清晰传入小言耳中：

白云重叠乱萍深，
打鱼归来日又沉。
扁舟一叶寻水路，
看破波中几浮尘。
且向江湄酬一醉，
归来夕色满船身……

听这歌声嘹亮，言辞清雅，身在未知之境的四海堂堂主便放下心来。

过了一会儿，等屋外那阵窸窸窣窣的忙碌声静下来，终于见到放歌之人走进来：“这位公子爷，您醒了？”

从木板床上抬眼看去，小言见一个红脸膛的方脸汉子正一脸和善地看着自己。

“我这是在哪里？”见有人进来，小言立即询问起自己目前的处境。

与渔人一番对答，小言才知道此地是与南海相接的郁水。不知怎么，自己三天前竟在这郁水河中浮浮沉沉，幸好被这名叫作余老六的渔夫搭救，然后在渔屋中昏昏沉沉睡了三天三夜，直到今天才醒过来。

对答间，渔夫余老六便有些奇怪地问他：“公子，小的看你这两天昏昏沉沉，不像是寻常落水，倒好像经过一番性命相搏。只是小的发现你时，你浑身上下穿戴整齐，袖中钱袋也没丢掉，实在不像那些河中水匪的做派！”

“是吗……”听渔人疑惑，小言努力回想了一下，却只是苦笑一声，摇头表示自己什么都想不起来了。不过从渔人话中知道自己随身钱物没丢，小言倒是很高兴。

又对答几句，小言忽然想起刚才听到的渔人吟唱，便道：“此番蒙恩公搭救，铭感五内。只是没承想恩公虽然专心渔事，却唱得一曲好文辞。那词曲好生文雅，端的超尘拔俗！”

听得小言赞叹，渔夫余老六那张被河风吹磨得通红的脸上露出憨憨的笑容，说道：“公子见笑了。小的只是听附近村里的教书先生教了两句，便在做营生时唱唱解闷。”

余老六接着又道：“小的看公子身子虚寒，这便去给您再煮碗红糖姜汤，暖暖身子。”

说罢他便转身一掀门扉草帘，出门去旁边露天锅灶上煮姜汤去了。

等他出门，小言便躺在床上，努力回想这些天究竟发生了何事。想得一阵，却只是惘惘然若有所失，什么都记不起来。

也不知渔人余老六的红糖姜汤到底是怎生煮就的，原本十分虚弱的小言，只吃了几碗，便很快变得和当初一样壮健。一时想不起前些日子发生了何事的上清宫四海堂堂主，见自己在渔夫余老六烹煮的姜汤调养下很快复原，感激之余也只是淡淡然：嗯，也许自己只是落水受寒，因此即便这寻常的姜汤也能很快让自己复原。说起来，恩公熬的姜汤自有一股清香，真个好喝，回头也让雪宜给我做几碗。

小言能行动自如后，便跟搭救自己的渔夫告辞。

临别之时，他自然拿出了身上所有银钱作为酬谢，但渔夫余老六坚辞不收。见他态度坚决，小言也不好勉强，便教了他几招清心养生之法，余老六反而满心欢喜地谢了他。

临走之时，小言又跟余老六顺道打听，问附近有没有什么卖些小玩意儿的集市，却听余老六说，此处除了渔市之外，并无其他店铺。

见自己说完之后，小言脸上流露出些许失望神情，余老六便问他想买些什么，得知是想买些南海附近的土产送给家中两名年轻女眷后，便说了声“公子请稍待”，返身回屋中取来两挂贝壳穿成的项链送给小言。

两挂项链被塞入手中，小言看了看，发现红线穿着的贝壳色白如玉，形如满月，煞是可爱，欣喜之余，当即便又要付钱，淳朴的渔夫自然又是一番推拒，直到最后也没收小言半分钱。

心中感念着淳朴渔夫不计酬劳的恩情，来南海闲游数日的上清宫四海堂堂主便在一片夕阳渔歌声中踏上了归途。

只是，重向罗浮山千鸟崖的上清宫四海堂堂主，并不知在自己身后千里之遥的南海海底，正掀起一场不同寻常的风暴！

第六章

石上三生梦，云中半世缘

当小言从郁水之滨返回罗浮山时，南海龙宫中却颇不平静。南海龙神所居的澄渊宫中，三太子孟章正跟老父面禀事宜。

“这么说，在你外出巡海这几天里，龙灵子让那人服下了巨阳花？”

“是的。”听老父发问，孟章无比恭敬地回答。

现在站在孟章面前的，正是他的父王南海祖龙。

和笑容可掬的四渎龙君相比，这条南海老龙云甲金冠，身形高大，面相威猛，满腮钢针一样的虬髯，颧骨额头全都向前高高凸起，眼窝深陷，神色不怒自威。即使此时家常说话，南海祖龙也是负手而立，浑身笼罩着一团金色光影，显得神威非凡。

听了孟章的回答，老龙满意地点了点头，赞许道：“此事你处理得甚好。”

停了停，又问：“你确已查实，那个坏事的俗子最后真的粉身碎骨了？”

听老父问起这个，孟章脸上尴尬神情一闪而过，却也不敢隐瞒，如实禀告道：“他倒不曾当场殒命。听龙灵子说，那张堂主食了两朵巨阳花后，便一头撞出玉芝苑，不知逃到哪里去了。看来是那少年修习了古怪法力，让他没有马上爆体而亡。”

瞅了一眼龙王脸色，孟章继续说道：“不过父王不必担忧。据龙灵子禀告，当时巨阳花药力就已经发作，那少年浑身红光艳艳，想来跑不多远就会浑身爆裂化为血雾，我们才没找到。”

“唔，确是如此。他只不过是一介凡夫，根本不必费心多想。”

说到这儿，南海祖龙显然对自己这位龙子颇为赞许，脸上虬结的筋肉舒展开来，说道：“我南海黄龙一世英豪，又有你这样的神武龙子。我最近也听闻，现在你这南海水侯的名声已是威震八方，四海皆闻！”

接着他却有些感慨：“唉，越是如此，你就越要努力才是。想我虽生九子，但长子伯玉生性懦弱，整日耽溺诗画，毫不成器。你二姐又是玄阴之体，自小脸上阴影难除，不能嫁出去为我南海交纳豪杰。自四子以下，又多不成才。放眼我偌大南海，也只有你才能继承我黄龙神族的衣钵，将它光大四海，创下不世伟业！”

听老父这样称赞，孟章顿时满面放光，连连称是。

澄渊宫中龙王父子对答得其乐融融，正在这时，孟章身后原本紧闭的那扇宫门却突然哗啦一声被人撞开。孟章闻声一惊，回头一看，却见一名披头散发的窈窕女子旋风般冲了进来。

“二姐，您怎么来了？”

原来突然闯入的提剑女子，正是孟章的二姐汐影。她一言不发，擎起手中双剑便朝孟章猛然砍去！

“啊！你疯了？”

突然遭到攻击，孟章措手不及，赶紧拔出佩剑架住攻势。

“为何打我？”

略略挡住汐影攻来的剑影，孟章满脸莫名。

但汐影并不回答，只是如一阵狂风暴雨般迅猛攻来。虽然她现在步履隐约有些蹒跚，但身形飘飞若鹄，一时攻得孟章手忙脚乱，应接不暇。

“汐儿，快住手！”

见一对儿女打架，他们的老父皱着眉头想将他们喝住。只是自己这二女儿却像疯了一样，充耳不闻，不停地飞旋击刺。

汐影攻势如此急骤，才过了片刻便几乎要逼孟章召出上阵杀敌才用的神兵天闪。只不过正在此时，汐影却突然停下乱砍，飞速冲出宫去。

“二姐这是怎么了？”被汐影一阵乱砍，对方也不说明原因，孟章正是一脸委屈。

听他抱怨，老龙叹了口气，说道：“唉，罢了，你也别怪你姐姐。汐儿也是命苦，女儿家最重要的就是容貌，她却偏偏生得——”

宽慰话语刚说到这儿却戛然而止，澄渊宫中的龙神父子回过神来，蓦然骇然相视。原来他们想起，刚才突然闯进的女孩脸上哪还有半点暗影，披乱飞舞的发丝下，却是一张白润莹澈的脸！

且不提南海烟波中这许多悲悲喜喜，再说小言从南海懵懵懂懂归来，重新回到千鸟崖上，琼容、雪宜见他没有什么损伤，甚是欣喜。

此后的日子，又恢复成往日悠悠淡淡的样子。如果硬要说千鸟崖上的山居生活与往日有何不同，便是飞云顶的传召比小言下山前略微频繁了些。灵虚掌门常常一时兴起便召集门中弟子聆听上清各殿首座宣讲经义。自然，现在抱霞峰南麓的千鸟崖四海堂已经无人敢轻视，年纪轻轻的张堂主上坛宣讲，年纪更大的门人弟子只认作理所当然，毫不稀奇。

对于小言来说，自从几个月前回家一趟，听了清河老道说起的那段秘辛，便对掌门这样的安排欣然领会于心。心照不宣之际，他便把自己从那卷炼神化虚篇中悟来的义理，跟诸位同门悉心讲起。

这样宣讲的结果，令那些年长的后辈弟子更加敬服。到得此时，已经没人再想起新晋的张堂主原本只是个毫不出奇的乡村市井少年。

日子就这样一天天过去，转眼就已过完五月。

在春去夏来的时候，每天千鸟崖的石坪石阶上都落满了飘零的花瓣，若是琼容飞跑而过，便踢得地上一片断雪残红。

这些庭前落花，每到夕阳西下时，雪宜便将它们扫起，埋到崖上西边侧屋后的竹林中。埋花之处，小言还取了个名字，叫“香冢”。

不久，便到了六月之中。这时，千鸟崖侧的桃李杏树已经落尽花枝，换上了明快的翠绿叶色。绿叶繁茂的枝头，已是青果累累。

这一天午后，正是天无纤云，阳光明烂，崖上山前清风细细，正是一个晴好的夏日午后。吃过午饭，四海堂三人便各安其事：张堂主去袖云亭中读经，琼容去杏树下点数她心爱的杏果，雪宜则去东边岩壁冷泉边接水，准备一会儿回屋中给看书的堂主烹煮茶茗。

和往日一样，现在千鸟崖上闲适淡然，事事井井有条，正是四海堂中再寻常不过的一个午后。

此刻，在袖云亭中安心读经的少年堂主不知道，过了这个寻常的午后，他的生活和命运会有怎样的不同。

“咦，灵漪儿姐姐，你来啦?”

正安心读书的四海堂堂主忽觉一阵香风扑面，然后便听得小姑娘叫了起来。

“灵漪儿?”小言手中经册忽然坠下，抬头朝石坪看去，见到石屋前静静站立的女孩儿韶秀空华，秀曼绝丽，不是灵漪儿又能是谁?

隔了半年多没见，忽看到向来交好的灵漪儿，小言神色激动，一时倒忘了该如何开口。最后，还是一身淡黄罗衫的女孩先行开口："小言……好久不见。"

往日开朗的灵漪儿，此时却有些欲言又止。

见她如此，激动的小言这才发现，久违的灵漪儿双眉间竟似乎锁着一丝淡淡的愁色。

小言正要说话，却见灵漪儿已经鼓起勇气开口道："小言，你能跟我来一下吗？我有些话想跟你说。"

"好！"小言当即应允。

看了看灵漪儿的神情，想了想，他便请琼容帮着雪宜准备茶茗果点，等他过会儿回来，一起招待灵漪儿姐姐。

嘱咐妥当，他便跟在灵漪儿后面，平地飞起，一起朝远处的山峦间飞去。

是什么话这么重要，偏要寻个没人的地方说？望着飞在前面的女孩飘飘的衣袂，小言心中颇有些迷惑不解。

在一片横身而过的天风中飘飞而行，过了没多久，前面的灵漪儿便寻了一处幽僻的山峰，按下云光，飘落在峰头那块半人高的青石旁。

"灵漪儿，你有什么话要跟我说？"立在山巅峰头，小言问道。

听他相问，久未相见的灵漪儿却一时没有回答。容颜略显憔悴的高贵龙女到了悄无人迹的峰头竟变得有些慌乱，紧张地整了整自己的衣襟裙衫，又抬手捋了捋鬓头的青丝秀发，一时并不开口。

见她这样只顾着整理妆容，小言更加奇怪，便又开口说道："灵漪儿，你有什么话不妨直说。大半年都没见到你，也不知你……"

刚说到这儿，一直静默的女孩却忽然开口，问道："小言……你觉得我这人，好吗？"

被灵漪儿突然一问，小言一时倒愣住了，过了片刻才回答道："当然，当然好啦！”

话音落定，正紧张等待答案的灵漪儿脸上忽然绽开如花的笑颜，轻启朱唇，说道：“那……小言，你能收留我，住在你的罗浮山千鸟崖吗？”

“啊？发生什么事了吗？”小言有些吃惊。

“嗯……我家那边，出了点事。”灵漪儿有些犹豫，但想了想之后，还是说道，“是那南海的孟章，他来我们四渎龙府提亲了，我爹娘已经答应，还收下了他全部的宝物彩礼。”

“那你是不喜欢他吗？”小言察言观色道。

“嗯。”灵漪儿幽幽地说道，“小言，那天见到孟章上门提亲，想到以后要和他朝夕生活在一起，我就突然明白了，我并不喜欢他，我现在还不想嫁人。”

说到这儿，灵漪儿脸上飞起一片霞红，羞涩得再也说不下去。

“那，既然这样……”小言想了想，问道，“你不愿嫁给水侯，你爹娘也不会强迫你吧？”

听得此言，灵漪儿眼中却泪光闪烁，一时答不出话来。

见如此，小言已知结果，便不再追问。

在这样惶恐的时候，原本机智无比的小言一时也来不及想到，为何灵漪儿情理通达的爷爷云中君不出面阻止这门孙女不喜的亲事。

灵漪儿又认真地问道：“小言，你还没说愿不愿意收留我、庇护我呢。”

“当然愿意！”张小言大声说道，“你是我的好朋友，好朋友有难，我当然要帮了！”

“太好了！”灵漪儿立即破涕为笑，欢快叫道，“小言，就知道你一定会帮我的！我真的不想这么早嫁人，小言，真的谢谢你！”

兴奋的龙女抓住小言的手使劲摇。

等灵漪儿终于平静了，松开了手，小言看着她笑道："都是好朋友，别这么客气。走吧！"

"去哪儿？"灵漪儿一时有点反应不过来。

"当然是去千鸟崖呀！"张小言笑道，"咱们得抓紧时间，整理好你住的地方呀。"

"嘻！是呀，我一时都没想到。"灵漪儿有些不好意思地笑道。

"那咱们走吧！"小言说了一声，便要拉着灵漪儿出发。

不过就在这时，小言忽似想起了什么，将手一招，那把顺心如意的神剑便已倒飞入手。

望着灵漪儿不解的眼神，小言说道："灵漪儿，我们来问问，你这事情能不能顺利解决。"

"怎么问？"灵漪儿有点奇怪。

"这样——"小言跟眼前的天地云空祷告，"若是灵漪儿的这件难事能顺利解决，那我手中之剑便能将这青石一击而碎！"

话音刚落，小言手中神剑锵然飞出，带着一声清越龙吟，朝旁边那块顽石直直飞去！

在两人期待的目光中，那把闪耀着寒光的神剑猛然齐柄插入那块青色磐石中。

只是，等了良久，那块被神剑插入的青石却始终完好如初，并不破碎。

"罢了，是我错了！"见到这样的结果，小言脸上丝毫没有难过之情，只是对着天地云山朗声说道，"是我想岔了。这种私事，为何要迷信？"

铿锵说罢，小言便召剑回鞘，与灵漪儿一同破空飞去。其时，正是鸟语花香，天风浩荡。

他们双双离去之后，又不知过了多久，青石峰头偶然飞过一群山鸟，群

中有一只灰雀忽然离队，落到峰头青石上歇脚。只是刚一落定，这只鸟雀却似突然受了惊吓，立即扑簌簌振翅飞起，飞到了罗浮洞天无尽的山光中。这鸟雀翎羽飞扬之时，明灿阳光中，石上正溅起一缕细细的烟尘，正是：

三生石上凤许通，仙郎心府玉玲珑。
天香锁梦藏明月，剑气吹眉借好风。
酿蜜自甘蜂有意，衔泥虽苦燕无功。
相知未必能相见，雨落花愁万点红。

第七章

一片野心，早被白云留住

从万山丛中飞回时，被清凉的山风一吹，小言激荡的心情渐渐平复下来。仔细想过灵漪儿刚才说的话，他突然想到一个问题，说道："灵漪儿，我想问你一个问题。"

"嗯，你问吧。"灵漪儿说道。

"是这样，你家爹娘我都没见过，不知他们是什么样的人。只是你爷爷云中君我却十分知道，他老人家为人洒脱旷达，又非常疼爱你。我总觉得，如果他知道你不愿意嫁给南海水侯，应该不会和你爹娘一起强逼你才是。"

"嗯。"听了小言的话，灵漪儿应了一声，道，"你说得没错。我爷爷可不会像爹爹和娘亲那样，只听那南海小龙有些名气，又感激他上回一起出兵去魔洲救我，便想着把我推出门去。只是——"

说到这儿，灵漪儿却有些沮丧："只是不知道为什么，前些天爷爷忽然慌慌张张，只说了声要云游访友，便匆匆忙忙赶出门去，之后再也没回来。"

说起爷爷，灵漪儿眼圈便又有些红了："呜！最疼爱灵漪儿的爷爷一走就杳无音信，只剩下他孙女在家受苦……"

见她难过，又要落泪，小言连忙说道："灵漪儿，你来我们千鸟崖暂住是好事，可不要再哭了。”

“嗯。”灵漪儿连忙擦擦眼睛，对小言展露一个明快的笑容。

此后，小言与灵漪儿仔细商量了一下，便决定先让灵漪儿在千鸟崖四海堂中住下，让南海水侯提亲之事先缓一缓。等日后探知那位通情达理的四渎老龙君何时返回洞府，再回去跟他说清楚。

计议已定，小言和灵漪儿便驾一道云光，联袂回返千鸟崖去了。

且不提灵漪儿如何在千鸟崖上安顿，再说那万里之外的南海。

在千仞波涛之下，南海龙域里有一处大气磅礴的白玉宫殿正在周围黑暗的气色中散发着明亮的毫光。这处黑水之中的宏大宫阙正是南海水侯孟章的寝宫临漪宫。

此刻在临漪宫一角的书房里，一身华美白袍的水侯却双眉紧锁，正盯着眼前的经卷发愁。时不时，他便提起碧玉为管的紫毫笔，在明光四射的白玉板上添添减减，似乎眼前之事让他十分踌躇难决。

在他身畔，有名梳着双鱼鬟髻的侍女，着一身简淡的柔绿宫装，仪态俏丽温柔，正盯着自家水侯的一举一动，看着水侯一抬手一蹙眉，静静地有些出神。

“唉！”正冥思苦想的水侯忽然叹了口气，自言自语道，“这礼物单子真是难定！”

见主人说话，娇俏侍女迟疑了一下，便接口柔婉说道：“侯爷，这样的小事，为什么不让别人去做呢？”

“唉，月娘，你不知道。”见侍女问话，孟章便转过脸来，和蔼回答，“上回我去四渎送提亲彩礼，灵漪儿的爹娘虽然收下，但我看他们的脸色，都有些勉强。所以我这回第二次送礼，一定要好好斟酌，不能再假手于人。”

“噢。”听了孟章的回答，这个叫月娘的贴身丫鬟沉默了一阵，又开口问他，“侯爷，你真的很喜欢那位灵漪儿公主吗？”

“当然！”孟章脱口回答。

顿了顿，看了看侍女脸色，孟章笑道：“月娘，你又不是不知道，我孟章虽然武功盖世，但也是至情至性之人。你们姐妹间，也该听说过雪笛灵漪儿的名号。灵漪儿之名早已传播四海，在水族之内，雪笛灵漪儿几乎和我孟章辛辛苦苦拼杀来的威名相当。”

说到这里，孟章两眼放光：“放眼我四海龙族，配得上灵漪儿妹妹的，也只有我南海孟章了！”

“嗯。侯爷和四渎公主，确实是天作良缘……”

“呵呵。”听月娘附和，孟章笑了笑，换了温柔语气，“月娘，你自幼便一直服侍我，有些事情也不瞒你。其实这回与四渎结亲，娶那四渎公主让海内艳羡只是事情之一面，另一面，则是我孟章可借这机会入主四渎水族！”

说到这儿，孟章的语气便有些抑制不住的激动：“月娘你恐怕不知道，那声名不显的四渎龙族总领整个内陆水系，辖内河川纵横，物产丰富。四渎麾下名义上又有数百位江神河伯，势力着实雄厚。只是，四渎一脉空有如此势力，却不知善加利用。那四渎老龙日渐昏聩，据报整日只知出外云游，也不知管束手下那些江神河伯。而他单传的龙子洞庭神君虽然为人方正，是个好人，但才能只是庸碌，凡事只顾小节，实在成不了大事！”

指点一番，孟章言语间突然变得有些憋屈：“而我南海孟章有心要干出一番大事业，将我神龙一族的威名传遍三界，却因时势所限，空有壮志雄心，只能局促在南海这一小小浅潭之中。数百年经营，我南海虽有四岛十三洲之地，又收服猛将神怪如雨如云，却还要费心费力，替其他龙族抵挡鬼族的侵攻，落不下分毫好处，实在是不甘心！”

说到此处，孟章忽然神色一振，满面红光："如果我孟章能入赘四渎龙族，成为四渎龙婿，就可不费一刀一枪总领南海四渎两大水系。到时候，不仅烛幽鬼方会变成一碟下酒小菜，就算是荒外魔界、天外仙都，我孟章一脉也都有一搏之力！"

"嗯。"听得主人豪言，月娘应了一声，却有些迟疑，"这些我都不大懂，我只是有些害怕……"

若是换在往日，月娘早就敬佩非常，但是今天不知怎么，她心中却隐隐觉得有些不安。润泽的朱唇才动了动，刚想说点什么，却见主人已将文册一丢，站起身来俯下看她："小月儿，别担心。我孟章最喜欢的人，还是你呀！"

"可是……"

再说罗浮山千鸟崖。向来无所顾忌的四渎公主和小言重返千鸟崖，再见两个熟稔的女孩时，却变得有些不好意思。只不过雪宜、琼容一听堂主说灵漪儿以后就住在千鸟崖上，立即如穿花蛱蝶一般忙上忙下，帮灵漪儿在西侧空屋中整理出一间洁净的闺房来。

等灵漪儿在四海堂中住下，千鸟崖又平添了几分生气。让小言有些过意不去的是，灵漪儿自从住下后便不顾自己本来的尊贵身份，按着当时世间的习气，和雪宜一起操持起家务来，说是要让小言好好安心修炼读书。四海堂中日常的洒扫烹煮，基本都由她和雪宜一起分担，虽然开始时有些生疏，但跟雪宜学得一阵，灵漪儿便也渐渐熟悉了起来。

这时候，原本妆容华贵的灵漪儿也已入乡随俗，换了一身荆钗布裙。虽然容仪举止依旧高贵如初，但装束与往昔已不可同日而语。见如此，小言心下更是愧疚。

又过了四五日，这一天上午，正当小言在袖云亭中读经时，灵漪儿与雪宜端着瓦盆，一起到东壁冷泉边清洗盆中的青菜。见这样，小言终于找到机会，赶紧放下手中经卷，准备上前帮忙。

谁知，刚到近处，灵漪儿便将他挡回，说他该去好好阅览经卷，早日领悟师门高强法术。

见小言盯着瓦盆还有些迟疑，慧黠的灵漪儿嫣然一笑，说道："小言不用担心，我和雪宜妹妹都不怕冷水。现在天气炎热，正好清凉火气。"

见灵漪儿笑语晏晏，丝毫不以为苦，小言更为歉然，忍不住说道："灵漪儿，是我带累你们过这样的清苦生活。"

"嘻，没事！"灵漪儿却神采飞扬，丝毫不以为意，"昨天我翻看你的经卷，不是有一句话说'此心安处是吾乡'？我觉得这儿就是我的安心家乡！"

说完，灵漪儿便朝愁眉苦脸的小言扮了个鬼脸。

见这样，小言不再多言，开颜一笑，便返回袖云亭中看书去了。

小言走后，灵漪儿便与雪宜接满泉水，端到四海石居的石阶前清洗青菜。此时正是六月天里，安心做事的二人身前落花满地，她俩的发髻乌鬟上也飘落着缤纷的花片叶茸，只是她们专注于手中活计，一时并未察觉。

过不多久，一早出外闲游的琼容回返了千鸟崖，跟哥哥姐姐们问候一声后，又和往常一样，立到石坪西南侧那株杏树下，仰起小脸，盯着满树的青杏怔怔出神。

这期间，小言偶尔读书累了，抬头看看，便发现小姑娘的眼睛正盯着枝头那颗最大的青杏，垂涎欲滴，神色踌躇，似是有什么事情十分难以抉择。

见琼容这副馋嘴模样，小言习以为常，只笑一笑，便又开始阅读手中经卷。

又过了一小会儿，忽然想起来，他便又抬头看看，却发现枝头那颗最大的青杏已经不见，而是出现在了树下的小姑娘手中，上面还缺了一大块。再看看小姑娘脸上……

“哎呀!”

瞧见琼容被酸得龇牙咧嘴直吸气的模样,小言赶紧扔下手中经卷,奔过去将她拉到冷泉畔,给她接水漱口。

此时正在门口干活的雪宜、灵漪儿见琼容仍然紧紧攥住青杏,舍不得扔掉,雪宜便暂放下手中活计,过来拿过青杏,又飘然离地去果树上摘得十几颗,兜在衣裙中拿回厨屋,细切成片,用砂糖腌渍在细口瓮中。

细心温柔的梅雪仙灵跟哭丧着脸的小姑娘保证,用不上五六天,她就能吃上酸甜可口的青杏脯了。

略去这样的家常琐事,自灵漪儿住到千鸟崖后,四海堂中确实多了许多情趣。曾经有一天,琼容不小心打碎一只细瓷碗,灵漪儿便施法术,将那些薄薄的青玉碎瓷片钻上孔,用细麻绳穿起,一只只悬在屋檐下的燕巢边。自此,每有清风横崖吹过,这些碎瓷片便叮叮当当响成一片,就好像悦耳的罄曲一样。特别在风雨之夜,这些碎片瓷铃更是流韵锵然,助人入眠。

山中不知时日过,在这些平凡的日子里,小言也常常带着几个女孩去罗浮山中游玩。有了常去山中嬉闹的琼容,四海堂中几人只需将心中所想的景致描述一二,小丫头总能分毫不差地给他们来个“仙人指路”,找到合适的景物。

这样的日子,悠悠闲闲,不知不觉便已是半月过去。似乎只是一转眼,就到了七月头上。

这一天,听了琼容建议,小言和灵漪儿她们结伴去东南山中观赏那片好看的瀑布花林。一路行来,看看四下里山色浓绿,水潭清碧,山潭倒影中不时有雪白的山鸟和悠悠的白云一起飞过,正是云肥鹤瘦,水淡山浓。

看着山色清幽,又听身边涧水滃然而鸣,与树间的山鸟互相应和,此情此景，本应赏心悦目，只是此刻行走其中，小言心中却隐隐有些忧愁。

和身边这几个无忧无虑的女孩不同，四海堂堂主想起孟章提了亲，自己却庇护了离家出走的龙女，心中便一直有些危机感。看着周围清美的景色，他忍不住心想：唉！身处在这样清丽如画的景色之中，不知何日才能悟得那天地往生劫？

一向淡泊悠然的四海堂堂主此刻前所未有地急切想习得这威力无比的上清宫神技！

第八章

超俗栖真，岂避玄霭神缨

这一天一大早起来，灵漪儿便和雪宜结伴去深山里采草药去了。

将近午时，她们回来后，却远远地看到她们那位张堂主正在石坪树荫底下，拿着根木头左右端详比画。在他身前还摆着一张条凳，凳上搁着只木刨，旁面靠着把锯子。在他身旁地上，则是满地的木屑刨花，刨花中还摞着四五块长条木板，平整光滑，颜色新鲜，想来是刚刨过不久。

等从山径上走近石崖，便听四海堂堂主喊道："琼容，把那本《木工图册》再拿给我看看！"

听他召唤，正在玩锯屑刨花的琼容赶紧哦地应了一声，站起身拍拍手，飞快跑到袖云亭中，把哥哥之前仔细研究过的那本《木工图册》抱来递给他。

见小言忽然忙起了木匠活，灵漪儿觉得好生奇怪，没等放稳草药篮便好奇问道："小言，你这是在干吗？"

"灵漪儿，你们回来啦？我是想给琼容打张矮一点的梳妆台。"

原来，前些天帮灵漪儿布置卧房时，小言曾去飞云顶擅事堂领来一张梳妆台。而一直以来，琼容都和她雪宜姐姐共用一张梳妆台，只是她身量娇小，每次使用总有些不便，小言看在眼里，便想着帮她顺便领张高矮合适的。

只不过，问过擅事堂的清云道长，才知道堂中仓库里没有更小的梳妆台。

当时，望着琼容有些失望的表情，小言便发了狠，准备自己动手做一张。因此，今早得了空闲，他便去飞云顶上跟清云道长领了两段上好的梨花木料，借了套刨子斧锯，又央清云道长找来一本《木工图册》，便准备亲自动手给琼容打一张梳妆台。

听小言说明原委，又见他满脸是汗，雪宜自然赶紧回屋拿来布巾，到冷泉边浸湿拧好送来给他擦脸。灵漪儿却一直站在原地不动，只在那儿掩口偷笑。见她这样，小言奇怪道："灵漪儿，你是不是笑话我木工粗糙？我才刚刚来得及锯出五片木板……"

"不是啦！"见小言有些沮丧，灵漪儿忙住了笑容，正色说道，"是这样的，我只是笑你不知道，要添置家居摆设，何必一斧一锯自己动手操劳。"

"嗯？什么意思？你是说我该下山去买？"

"不是，我是说——"灵漪儿盈盈一笑，道，"小言你忘啦，我可是无所不能的龙宫公主哦！"

"呃……这是啥意思？"

"嘻！你跟我来！"

一声召唤，灵漪儿便带小言走进琼容和雪宜合住的闺房。

说起来，虽然小言和雪宜、琼容住得相距只有咫尺之遥，但她俩的屋子，小言平时倒不经常进去。此刻进屋一看，发现屋里陈设虽然简朴无华，但在雪宜勤力收拾下倒也洁净淡雅。

"这是要做什么？"

小言见灵漪儿进屋后，不住打量雪宜那张梅花雕镂的梳妆台，片刻后闭起双眸，略略低头，玉手合拢，口角微动，似是正在念什么咒语。此时四渎公主两道蛾眉细弯如月，眸边长长的睫毛随着她口中的默念，一下一下地颤动。

见这模样，小言忍不住想道："呵！灵漪儿这样子，也十分端庄姣好。"

正在这时，冷不防灵漪儿突然睁开双眼，娇叱一声："变！"

口中娇叱之时，裙袖便朝前飘飘一拂，只见一片星光一般的流光幻影中，雪宜那张梅花梳妆台旁边突然间无中生有，一张小小的清漆梳妆台平地而起，上面浮雕着片片青竹叶，造型十分巧妙可爱。

"琼容有自己的梳妆台啰！"

目睹此景，一直在旁边翘首以待的小姑娘顿时拍掌大叫，欢呼雀跃不停。

"灵漪儿你真厉害！这台子大小款式正好，真省去我一番辛劳！多谢！"

小言惊叹之余，真心感谢。

"谢谢灵漪儿姐姐！"

琼容也跟着哥哥向龙宫公主甜甜道谢。

"不用客气！举手之劳嘛！"

被这兄妹俩一起称谢，灵漪儿也是格外高兴。心情大快之余，她便决定再接再厉。于是，在张堂主目瞪口呆的观摩中，神通广大的龙族公主一再努力施为，不到半炷香工夫，便将四海堂三间卧房里里外外全都作法改换一遍。几乎就在片刻之间，小言入住两年多的四海堂便旧貌换新颜！

"这……"望着自己房中窗明几净，满屋都是珠玉珍宝的装饰，小言一时又惊又喜，却又有些迟疑，"是不是太奢华了？"

"奢华吗？还好吧！这还算简朴的啦！"

自小锦衣玉食的灵漪儿只觉得眼前这些只是小小装修，实在不算奢侈。她也顾不得和小言多加探讨，因为此刻她还有更重要的事情要忙。将眼前窗户好生端详一番，龙族公主便道："嗯，这方窗不好看，要改一下。"

话音未落，灵漪儿衣袖一甩，那扇长方窗户上便是一道银光闪过。

“小言你再看看，现在这个好看吗？”

“……不错！”

朝灵漪儿的劳动成果看去，小言只见原本长方的窗户已被她改造成拱曲形状，有如扇面一般。等他在桌案前坐下，朝窗外望去，只见千鸟崖前那一片云影山光正好被纳入这片曲窗之中，看上去就好像一幅扇面上书画的山水，只是更多了几分天然的韵致。

“妙极！灵漪儿真是冰雪聪明！”

没想到这位养尊处优的娇贵公主居然还有这般独运的匠心，小言此时是真心赞美。

听他这样称赞，灵漪儿却道：“哼！你才知道！”

此后，看过自己书桌上新添的白玉假山笔架，又在新置的象牙冰簟凉席上试了试清凉程度，小言又和这几个兴奋的女孩将四海堂其他几间新装修的居室细细观赏了一遍。

等看完所有新居，小言心中倒有个疑问，便问道：“灵漪儿，有些奇怪，我看这几间屋中都有花架花瓶，但这些细颈美人瓶中怎么都没插上鲜花？”

“这……”被小言问起这个，灵漪儿有些害羞地答道，“其实我现在只会变些家居装饰，要变出鲜花那样的活物，我还得再学……”

“噢！原来如此。”瞧着灵漪儿懊丧的样子，小言安慰道，“已经很不错了！现在没有鲜花正好，过两天我们一起去山中采花，到时候再来见识见识你们插花的本领！”

这天晚上，用过晚饭，洗沐完毕，灵漪儿走出石居，仰见头顶苍穹上星光满天，清兴大作，搬出白天刚给自己变出的那架水仙古琴，让小言帮她摆到四海堂前石坪南边。

调好琴弦，一身白裙的龙族公主便端坐在古琴前，对着星光下山色浩渺的罗浮洞天开始抚琴。

缥缈的天籁从她指尖流淌而出，琤琤琮琮，宛如流水清音，随着夏夜的晚风轻轻飘卷，掠过她柔顺披垂的青丝，飞上袖云亭巅，又飘飘摇摇飞向无尽的远方，回荡在这夏夜的空山。

幽曼转折的琴音仿佛汇聚了灵漪儿心中所有的感情，一起在五百里洞天寂静的夜空中轻舞飞扬……

弹拨挑抹，心神俱与，曲至深处，便是情至浓时。一曲飘摇的曲调即将奏完，长发飘飘的灵漪儿已是魂动神摇。

曲近终时，这位水中而来的仙灵便散漫了拂弦，轻启珠喉，抚琴歌唱：

辞洞庭兮别青鸾，
舟楫逝兮仙不还；
移形素兮蓬莱山，
呜咽伤兮仙不还……

一曲歌罢，心神俱醉的灵漪儿反复咀嚼最后三字，不觉已是泪流满面。

半带哀愁的夜晚过去两三天后，千鸟崖上传来一则喜讯。

原来，两年多前曾和小言、琼容一起在南海郡帮助官府剿匪的天师宗弟子林旭、张云儿半年前已结成夫妇。这一回，这对新婚道侣一起来到罗浮山，亲自将这个喜讯告诉当年的好友故人。

在四海堂石屋中，再看见这对已成夫妇的故友，小言自是替他们万般高兴。只是在恭喜之余，见到当年那个和他说话最易脸红的羞涩女孩，现已嫁为人妇，少年堂主心中不知怎么竟有些怅然，仿佛感受到了天地沧桑之变。

三天多的笑闹过后，送走幸福满面的林旭夫妇，日子便到了七月中旬。这时候，即便罗浮洞天中四季如春，也颇有几分炎热。

这一天早早吃完午饭，见空气烦闷，实在静不下心研读经书，小言猛记起先前之约，便跟灵漪儿她们说了一声，一起去山中采花。

下得千鸟崖，在罗浮山幽静的山道中行走，头顶浓绿的树荫遮挡住炽烈的阳光，让人感觉不出一丝闷热。空山清幽，微风细细，此时只有树丛中一声声不知疲倦的嗞嗞蝉鸣，还在提醒着他们现在正是夏日。

这样悠悠行走，也不知走了多久，小言鼻中忽然闻到一缕桂花香气。

小言转脸跟身旁的女孩说道："灵漪儿可能知道，在我的家乡，桂花要八九月才开。"

"那现在是八九月了吗？"琼容仰脸问道。

"不是，现在还是七月。"小言望了望前边那片开着浅绿小花的桂树林，笑道，"琼容小妹，你再耐心等几天，就可以让雪宜姐姐给你做桂花糕吃了！"

"桂花糕？太好了！"听了哥哥的话，琼容赶紧东张西望，要努力记住附近的地形。

说笑之间，迤逦向下穿过这片初开的桂花林，小言几人便到了一片广大而幽深的山谷。此刻他们眼前，这片从未涉足的幽谷中正开满绚丽的野花，一片缤纷烂漫，宛如花的海洋。

见这片幽谷清静宜人，满眼鲜花绚烂，小言和几个女孩便决定在此歇脚。在花海中找了一处绿茵草坪坐下，他们便开始欣赏起眼前的美景来。

"好看的蝴蝶！"

才坐下没多久，琼容看见一只彩蝶翩翩飞过，便赶紧蹦起来追上去，想要扑来一起玩。

"别走远了。"

小言提醒一声，便由她去了。

又过了一会儿，闻着眼前花谷中扑鼻的香气，小言也坐不住了，招呼一声，便和灵漪儿、雪宜一起去花海中徜徉，笑闹玩耍。

玩闹之余，他们也没忘此行的目的，行行走走，挑拣眼前的山花。小言忽见左前方一片火红的花草中有一株野花的花瓣玉色晶莹，正随风摇曳，十分可爱。见那花生得奇特，小言便走过去，小心摘下，回身递到灵漪儿眼前，一脸灿烂笑颜："灵漪儿，这花送你。"

"谢谢！"灵漪儿接过，顺手将花插在发间。

随后灵漪儿凝睇含笑，提醒他道："雪宜妹妹呢？"

"哈！当然也有。"听灵漪儿提醒，小言看了一眼静静站在一旁的女子，笑道，"你不知道，那株花花开并蒂，正巧还有一朵。"

说罢反身去到那株花前，将花摘下，回到她们面前，对着羞涩的雪宜说道："这朵送给你，你也戴在发间吧。"

"嗯？！"

雪宜刚要戴花，小言却突然看到雪宜手中花枝碧绿的花梗突然间无风自折，原本玉色莹洁的花朵立时恹恹垂下，似乎瞬间便没了生气。

"这……"目睹此景，小言有些神色惨然。

这时却听雪宜柔柔说道："没想到这花茎如此柔弱。既然不能戴在发间，雪宜就佩在胸前好了。"

花枝忽然断折，容光清冷的梅雪仙灵却依旧一脸满足，将低垂的花枝佩戴在自己裙衫胸襟前。

不知怎的，见得眼前此景，小言心中忽有些触动，正要细细想时，却听远处有人嫩声清脆呼唤："小言哥哥，灵漪儿姐姐，雪宜姐姐，快来！这儿有个大洞！"

“嗯?”小言三人往琼容呼喊处奔去。

到了近前一看,才知道原来琼容发现山壁间花木掩映之下,竟有个一人多高的山洞,里面不停冒出森森冷气,吹到身上却十分惬意。

“我们进去乘凉!”琼容提议。

“好!”侧耳细听一阵,觉着这洞里没有什么古怪猛兽,小言便与她们一起进洞乘凉歇息。

“好静啊……”

等进了瓮形的山洞,立身于暗淡的光影中,小言只觉得天地一下子静了下来,刹那间似乎只听得到自己的呼吸声。在这样的静寂中默立一阵,几人忽又发觉能听到洞外花海中蝶舞花摇的声音了。

这样静静倾听,原本还带着些炎夏火气的几人已经是气息柔定。经年掩蔽的古洞仿佛隔断了外界一切的喧嚣,让他们忘却了所有的愁思烦虑。只是,在五百里罗浮洞天深处这个寂静无声的山洞中,这几个陶然自得的小儿女浑不知道,此时在数百里之外的罗浮山主峰上,早已喧闹得沸反盈天!

第九章

千山雪舞，默默此情谁诉

幽僻山谷中山花烂漫，香风浩荡，好像一处世外桃源。

在小言看来，即使在罗浮山这样的洞天福地中，也很难寻到这样热烈绚烂的鸟语花香之处。可能正因为这处山谷距罗浮山主峰很远，人迹罕至，谷里的野花才能生长得这样葳蕤灿烂，如潮似海。

在这样的香风花海中，琼容又找到一处藤蔓掩盖的清凉山洞，于是小言便跟她们一起进洞纳凉，享受炎热午后难得的清爽。

等适应了洞里黝暗的光线，小言凝目打量一番，才发现这处山腹溶洞就像只放倒的葫芦，口小肚大，里面极为幽暗深邃，看不清尽头。

洞中又静得出奇，若不凝神仔细倾听，便只能听见自己的心跳和呼吸。又过了一阵，等小言的耳朵适应了洞里的静谧，便听到从黑咕隆咚的溶洞深处，偶尔有水滴声悠悠传来，入耳微细，也不知已经传过几里路。

从日晒花熏的山谷中初入山洞，小言只觉得浑身都被一阵强烈的冷气包围，十分惬意。只是过了一阵，等身上的暑气退去，却觉得有些发冷起来。此时他站在最里面，从古洞深处吹来的冷风正吹在他身上。过了一阵，被一股打旋而来的寒风一扫，小言忍不住打了个冷战。

“堂主,里面的风有些寒凉吧?”

说话的正是雪宜。穿着一身简朴白裙的清冷女孩在暗淡光影中看到小言打了个寒战,便关切地问他。

“没事,只不过是一阵冷风。”小言哈哈一笑,说道,“这点凉风都受不住,我怎么能当你们的堂主。”

“嗯。”雪宜应了一声,想了想,又道,“堂主,雪宜不怕冷,还是让雪宜到最里边吧。”说着话,她便轻轻迈步,想要绕到小言身后,挡住古洞深处吹来的冷风。

见她这样谦恭,事无巨细,小言那句憋在心底很久的话脱口而出:“雪宜,你这是何苦? 我早就跟你说过,你不是我的奴仆! 可是,不知我说了多少回,你就是不听我的!”

见雪宜总是自居奴婢,处处待他为主,小言一直觉得不自在。

这事情他也跟雪宜提过几次,可她仍是一如既往,从不知改过。因此这一回,年轻堂主终于忍不住再次直接说了出来。

听了小言这话,原本迈步向前的雪宜顿时止步,只在原地踯躅,不知如何自处。

将心中所想强烈说出,却见雪宜变得如此局促,在原处彷徨失措,小言心中也有些歉然。只是又一想,要是自己此时稍有缓和,恐怕她以后还会一直这样。这么一想,小言便硬了硬心肠,没再说话,于是山洞中便又恢复了沉寂。好动的琼容见哥哥好像有些不高兴,也只好待在原处,乖乖地休憩。

就在这带着几分尴尬的寂静之中,一直乖巧纳凉的小姑娘忽然歪了歪脑袋,朝洞外竖起耳朵倾听起来。不多会儿,听觉异常敏锐的小姑娘便跟哥哥报告:“哥哥! 好像有很多人在打仗!”

自琼容那回跟小言一起去南海郡剿匪回来,她便把三人以上的打斗叫作打仗。

“打仗?”听了琼容的话,小言和灵漪儿都有些疑惑,赶紧朝洞口光亮处凝神倾听起来。

“是有些不对。”

仔细听得一阵,小言与灵漪儿对望一眼,当即招呼一声,四人一齐飞出这处与世隔绝的山洞,朝数百里之外的罗浮山主峰急急赶去。

话说在五百里罗浮山附近一望无际的平原丘陵中,有一条奔流不息的大河,名叫肄水。

罗浮山附近的岭南之地多雨,肄水河流经之处水量充足,因此到注入南海的入海口处,河面已变得极为开阔。浩荡的大河奔涌入海,一路带来的泥沙遇到海中咸水便沉淀下来,形成大大小小的沙洲。

因为肄水河口数十个沙洲如星罗棋布,附近的渔民便把这些沙洲笼统叫作棋盘洲。棋盘洲处在肄水入海口,沙屿之间的海水便有些浑浊不清,其中还有许多漩涡一天到晚流转不息,极为凶险。正因为这些漩涡的存在,附近的渔民出海一般都会远远绕过。

本就暗流涌动的棋盘洲,这一天更不平静。

这天中午,当数百里外的少年堂主去山中寻幽访胜之时,浑浊的海水里突然漂来一名不速之客。

“报龙侯!”身形细弯、嘴若长管、腮边带甲的水族武士从肄水上游瞬息游来,奔到黑袍黑甲的主公面前,急急报道:“属下已探明,四海堂已倾巢而出。那堂主还有四渎公主等三名女子全都朝罗浮山东北行去,一时半刻不会返回。”

“做得好!”在属下面前轻易不动容的南海水侯听得探马来报,出奇地道了声好，“不错，不愧是南海神影校尉。若是此行顺利，记你一功！”

“谢龙侯！”被称赞的水族校尉喜不自胜，高声应答一声，便淡隐身形，退到一边继续听令。

原来这位身形透明的细弯武士正是南海龙军探马斥候中的校尉将军，名为神影海马，一向统领部曲，负责刺探烛幽鬼族，正是南海龙族的耳目。只是不知这一回，南海主将孟章为何统领御下隐身于小小棋盘洲中，并出动这位斥候首领前去刺探一个人间堂主的日常起居。

“我们可以出发了。”不待思索，孟章一声令下，准备率领手下精兵前往罗浮山。

只不过就在他下令之前，他身旁那位亲信谋臣龙灵子却似是仍有些想不通。倚仗着自己是主公嫡系谋士的身份，龙灵子便小心翼翼地问主公：“君侯，请恕属下愚昧，思来想去，还是有一事不明。”

“你说！”水侯显然心情正好。

“是这样，那个侥幸逃脱的张堂主固然胆大妄为，竟敢引诱四渎公主离宫出走，住到罗浮山上，这自然是万恶不赦。只是恕属下不敬，若细究此事缘起，四渎公主也有些责任。若不是她一意孤行，只为贪玩，那一个小小人间堂主又如何敢冒渎龙侯威颜……”

“龙灵子，你说这么多，到底想说什么？”听他兜兜转转说了一大圈，孟章已有些不耐烦。

见他不悦，龙灵子赶紧加快语速：“其实老臣只是觉得，君侯行事一向光明磊落，应该不至于和这一个小小凡人大动干戈。而且中土人界，乃三界之灵，介于神鬼之间，是四方祝福之地。若这次奋起兵戈涂炭生灵，恐怕——”

“大胆！”龙灵子刚说到此处，却被一声暴喝打断。

龙灵子望去，发现喝断自己说话之人并不是面前的龙侯，而是站在他左边下首的一名龙族部将。这部将脸色煞白，面如平板，罩一身白袍白甲，身边白光飞舞，好像被罩在一团雪雾之中。

“哦？原来是无支祁将军！你有何见教？”

说话之人，乃是孟章器重的龙神八部将之一的无支祁将军。龙灵子因为一直随侍在孟章左右，又知道一些无支祁的尴尬来历，便不怎么把他放在眼里。

无支祁也听出龙灵子的轻蔑语气，但仍然面无表情，板着白墙一般的脸冷冷说道：“龙灵子！主公行事，自有他的道理。四渎收下主公彩礼，公主就是主公未过门的妻子。那张家小子不知天高地厚，竟敢诱她逃婚，此是罪大恶极！我等追随主公已久，自该知道，主公此番尽力布置，自然还有其他深意！我们做臣子的，不该妄自揣度上意。我们要做的，只是听从水侯军令，这就足够了！”

“好！说得好！”听得无支祁一番话语，孟章拊掌大笑道，“无支祁老弟说得妙，不枉我将浮城重镇寒冰城交给你。哼，当初四渎老儿排挤你，是他失了气数。”

不知何故，孟章言语中对他那位可能的未来祖岳父竟是毫不客气。

他又道：“龙灵子，你也不必疑惑。正如无支祁所言，此去罗浮山，本侯绝非只为儿女私情，而是另有深意。究竟如何，等我回来再细细告诉你。我们现在——出发！”

军令如山颁下，棋盘洲漩涡中早就跃跃欲试的龙族兵将立时鱼贯而出，从肆水河中溯流而上，朝人间洞天迅疾奔去。

半晌之后，原本阳光明媚的罗浮山上空忽然阴云密布，从西南飘来无数团黑色云霾，连接成阵，遮天蔽日，一齐朝上清宫所在的飞云顶重重压来。

“要下暴雨了吗？”

见天边黑云滚滚而来，正苦于暑热的上清宫弟子一个个都走出房来，向天边观望。

这时候，似乎与天边汹涌而来的云阵相应和，山林中狂风大作，不光是上清宫所在的罗浮山主峰被吹得飞沙走石，就连那些深涧密林中也是风刮水起，枝折叶落。

此时，正在飞云顶静室中闭目清修的掌门灵虚子虽未看到外面黑云压崖的怕人模样，但也在某一刻突然睁眼，怔怔出了一会儿神，然后叹息一声，取下墙上神剑，走出门去。

等他走到飞云顶广场中，铺天盖地而来的漆黑云阵恰好滚滚飞行到飞云顶正上方。乌黑的云团将飞云顶牢牢盖住，这天便跟入夜了一样，四处一片黑暗。而那气氛诡谲的黑霾之中，此时隐隐有雷声滚动，不时便是一道惨白电光闪过，划亮被乌云笼罩的山顶。

见到这样诡异的情状，原本跑到外面吹拂清凉风息的上清宫弟子心底开始隐隐不安起来。此时他们身边的绿水青山，已阴森得如同鬼域一样。

“这雨怎么还迟迟不下？”

不知怎么，此刻吹在身上的大风已经没了开始那份清凉，而是如同凶猛野兽的腥膻鼻息，吹在身上只让人感到一阵毛骨悚然，同时又憋闷无比。

这时候，不光是那些毫无灵机的小辈弟子，就连颇有修为的上清宫前辈也忍不住在心中暗暗祈祷，祈祷那诡异黑云后的雨点赶快倾盆泼下，仿佛只有这样，才能冲刷掉那份让人喘不过气来的沉重。

咔嚓！

正当众人心中不住祈祷时，高高在上的黑云天中突然华光大盛，一道粗大的闪电有如龙蛇一般从众人的眼前蹿过，然后便是一声巨大的雷响，在人们耳边炸开！

哗——

正被这声雷鸣震得浑浑噩噩时，冥冥中众人仿佛听到一块幕布拉开的声音。抬头朝天上望去，发现被黑云掩盖得严严实实的天穹正豁然剖开！

“罗浮山的生灵们——”

随着云门洞开，从两侧黑云之间那一线水一样的青天中忽然传来一阵威严的低沉话语，低低咆哮在众人耳边：“尔等私诱我族公主，拘禁于罗浮山中，已犯天戒。今日本神来，正要彻查清楚。”

随着这声似远非近的话语，那一线云光中隐隐现出一位高大神人，身边黑气缭绕，正神色威严地俯瞰着地上这些渺小的生灵。在他身后，那袭长长的披风仿佛浸染了暗夜的颜色，正在灰暗的云空中猎猎飞舞。

罗浮群峰，一片死寂。

“敢问神人，您是南海水侯吗？”

在一片噤若寒蝉的静默中，飞云顶上身材不高的灵虚掌门正仰脸顶着漫天吹来的狂风，对着天上的神人艰难发问。

“唔……我是。我是南海龙神三太子，孟章。”

原本低沉说话的龙神此时声音变得洪大，口中吐字有如石碾，从天边滚滚而来，一阵阵地撞击在地上道门弟子的心坎儿上。

“哦。”

灵虚掌门清瘦的身躯屹立如山，轻轻应了一声，一串淡淡的话语逆着天风传到神灵耳中：“小老儿上清掌门灵虚。龙侯所说之事，并不知，请搜。”

“好。”

一个“好”字如炸雷般落下。须臾之后，整个飞云顶上，还有抱霞、朱明、郁秀三峰的观殿中，突然就像遭了四只浩大无形的巨手翻搅，一瞬间几乎所有殿堂房顶都被掀开，狂乱的风息蜂拥而入，将上清宫弟子长久居住的房舍搅得一片破败。只不过片刻之后，许多间上清宫精心建筑的房舍便成了一堆荒凉废墟。其中又有许多上清宫弟子，不知是因为被横飞砖瓦砸到了，还是因为心疼本门房舍，哭号连天。

此时，聚集在各处山场殿堂前不少身具法力的上清宫弟子已各自按剑，或暗中准备法术，只等身边长老一声令下，便要和天上的神灵以死相斗。只是，他们中的首座殿长见飞云顶上的掌门此刻仍是不动声色，便各个约束门下，暂时隐忍不动。

在此时，听得天上的神灵又发话："还有那一间！"

遭了这样前所未有的劫数，灵虚子身后那座高高的观天阁却依旧耸立，旁边一间漆成黄色的怀先堂也屹立不倒。此刻孟章所指，正是那座泛着黄光的怀先堂。

"那间……"

回头看了一眼那座灵幡飘舞的怀先堂，灵虚子依然一脸平静，只是原本一直挺得笔直的腰杆此时却弯了下来，对着天上的神人弯腰一揖，恳切求道："神侯容报，怀先堂中供奉着我上清宫中历代祖师英灵，是本门圣地。我灵虚以本门上千年清誉担保，怀先堂中绝无神侯要找的龙族公主。"

"哼！"

云间神灵闻言，轻蔑哼了一声，地上灵虚子身后便又腾起一阵刀锯一样的狂风，朝那座道法庇佑的上清宫祖堂飞旋吹去。

"剑阵！"

到了这时，一直忍让礼敬的上清宫掌门终于忍不住，朝天边一声高喝！

随着掌门这声似乎用了所有力气喊出的话语，广阔的飞云顶上空顿时飞起无数道飞剑，光色各异，按着太极八卦方位在罗浮山上空纵横飞舞，结成一道严密的剑阵。剑阵飘卷之处，仿佛截断了一道看不见的纽带，那阵正朝怀先堂扑去的旋风顿时消散。

“哈哈!”见他们反抗,云端的水侯不怒反笑,声震天下,“卑微之人,竟敢抵抗天威!”

见上清宫诸山上空剑光缭绕,泼水不进,孟章却毫不在意,只是仰脸一声长啸:“嗷——”

伴随着黑云阵间龙族水神这声有如牛鸣的长啸,自他口鼻之中忽然喷出无数道白气,一迎天风,便化作无数条白气森森的冷龙,张牙舞爪,一齐朝地上凶猛扑去。它们所到之处,所遇之物皆成冰冻,没多久,飞云顶一带就好像进入了三九严冬,到处都是天寒地冻,冰光闪耀。那些原本在半空飞舞的护山飞剑,遭遇这些狂暴的冷龙,除了少数将冷龙劈成冰气,大多数都纷纷坠落。

这时,在云间狂笑的龙侯把手一挥,咔一声,那些从南海八大浮城之一寒冰城赶来的龙军齐齐现身,在首领神将无支祁的带领下,推着贮满玄冰的雹车破云而出,在五百里罗浮山上空隆隆飞奔,向四季长春的人间洞天抛下无数寒雪冰雹。

刹那之间,千百年来一直气候宜人的罗浮洞天已是冰雪肆虐,仿若变成了鬼哭神号的修罗炼狱!

从乌云袭来,到孟章现身,再到殿堂被毁、冰雪横飞,都发生在小半晌工夫间。也正是这小半晌工夫,历经千年而不倒的道家名观已遭到毁灭性破坏。这时的罗浮山诸峰到处雪花飞舞,冰凌四溅,仿佛成了极北的苦寒之地!

正当千山雪舞、鬼哭神怒之时,昏暗的云空中却忽然有几道奇异的电光闪过,其中一道有如月华的银光,疾箭般飞向正扬扬自得的水族龙侯。

“呀!”

神箭飞来，孟章猝不及防，本能地一闪，才堪堪避过这致命的一箭。只是他身后那袭威风的玄鲛披风，已被神箭飞穿一洞。

“神月箭？”

话音未落，已听得漫天风雪中有人飘飞而来，娇声怒斥：“好个卑鄙水侯，竟敢在四渎域内的名山大开杀戒！”

“哈！”看清愤怒的来人，孟章却是哈哈大笑，放低了身段，换了温柔口气说道，“原来是灵漪儿妹妹。妹妹你可不能怪我，要怪就怪你旁边那个无耻的凡人，竟敢哄骗我未过门的妻子你离家出走，和他住在一处。这一回，我只是给他一个小小的教训！我孟章一向大度，只要你今天肯跟我一起回去，我便既往不咎，放过这些卑微愚昧的生灵。”

“你——”听了孟章之言，灵漪儿气得满脸通红，手中神弓开如满月，抬手又是一箭射出。

这一回孟章有了防备，在晶莹箭光及身之前，已在身前布下一道坚硬冰膜，将神月箭勉强挡住。眨眼之间，那道弧形护身冰膜虽被击得粉碎，孟章却安然无恙。

正当孟章与灵漪儿纠缠之时，一同急急赶来的四海堂堂主小言见师门遭难，只顾奋力施出瑶光神剑，在雪雹横飞的半空纵横冲突，飞月流光斩绕身激飞，击散不少肆虐的冷龙，更逼得不少无支祁手下的寒冰甲士纷纷逃散，再也顾不得施放冰雹。

就在小言不远处，琼容召唤出神鸟朱雀，往来飞舞，不住驱逐龙族兵士；雪宜则将灵杖奋力挥舞，击出漫天缤纷碧朵，专向那些杀近上清宫弟子的龙军击打。

有她俩从旁佐助，小言主动出击，四海堂三人所到之处竟是所向披靡，无人可挡。

而此时，在灵虚子、清溟子等一众上清宫名宿尽力出手之下，饶是南海龙军神力强大，势头也不及刚开始从天而降迅猛突袭时那么可怕了。

见这样，原本还在一旁观战的龙将无支祁，手持巨大的鬼头冰锯刀，发一声喊，朝小言奋勇冲来，将小言挡住。等琼容、雪宜见状一起回身救援时，龙灵子也持着根南海神兵风狸杖加入了战团，与无支祁并肩厮杀。

到了这时，战局已不再像刚开始那样一边倒。

一片混乱之中，有不少上清宫弟子将地上死伤哭号的同门奋力救回到隐蔽处，尽力疗伤医治。

只是此时，那个正和愤怒的四渎公主一前一后追逐，如同戏耍一般的南海水侯瞥到眼前战局，忽然回身哈哈一笑，说道："哎，灵漪儿妹妹你看，我们光顾着玩闹，却忘了那个罪魁祸首！"

一语说罢，一脸笑意的水侯突然间神情一肃，嘴角露出一丝狞笑，猛喝一声："着！"

一声喝叱，他那条一直没祭出的神鞭天闪忽然绕空飞出，在万里云天上盘旋一周。天上雷神用八条闪电制成的神鞭此刻忽然现出本形，蓦然化成八条通天贯地的巨大闪电，如同横行的蟹脚，照亮万里云空，复又聚合成一条粗大无比的雪白电柱，闪耀着致人目盲的强光，朝正在专心抵御龙将的小言轰然打去！

俗话说，"迅雷不及掩耳"，闪电又都在雷鸣之前。此刻罗浮洞天中厮杀得天昏地暗的人神，只觉得眼前一道白光闪过，并不知道究竟发生了什么。

只听轰一声巨响，转瞬间小言便觉得自己背后一阵温热。几乎没等他反应过来，身躯已在数百丈之外！而他身后，正拖曳着一道长长的光气，黄绿氤氲交替，就如同绵延十几里的杨柳春堤。

在不住延长的碧影黄光中，那道毒蛇般的雪亮电光正化作一道噬人的刀锋,在缠绵的碧光中努力前突,试图一举贯穿小言鲜活的身躯!

一电飞来,瞬息百里。等险境中的小言迅速清醒过来,他和他身后的雪宜已在阴沉的云空中飞出上百里远。两人身后险恶的电光则将所经之处的气流瞬间灼热,向外膨胀炸开,发出一声声追魂夺命的雷鸣。

"雪宜!"

等小言终于完全反应过来,护在他身后一生清苦的梅雪仙灵,爆发出绚烂的光彩之后,已走到生命的尽头。

"走!"在这一生第一次对堂主的高声呼喝中,紧跟在小言身后的雪宜猛然爆发,将小言的身躯向前弹射出去,在迎面呼啸的冷风中,让他瞬间便飞出数百里。

……这就分别了吗?

告别的时刻,短暂,匆忙。

身不由己的小言轻轻落地后,以为自己只不过是刚做了一场有些悲伤的梦。

是的,只是一场梦吧。现在梦醒了,只要伸出手去,就能将那个一直跟随在自己身边的女孩轻轻拉住。

只是……

只是为什么手掌伸出这么久,却什么都没抓住!

为什么这么久,手掌中只有些冰冷落入?

一片,两片,三片……

一滴,两滴,三滴……

正是:

淡淡霜姿淡淡葩,

落梅风外舞幽华。

百年浮梦纷为雪，

一点仙泪滴成花。

第十章

冰冻罗浮，芳魂疑似从前

人间几度春来去，无处无花，无处无风雨。辛苦浣纱溪边女，揽衣亲迎回头觑。

一路愁春愁不住，辜负花心，滴泪求花恕。犹记深深深夜语，生生死死千千句。

——《蝶恋花》

数百年间一直景色清明的道家仙山，此刻已成人间炼狱。

白昼颠倒成黑夜，天黑得如同铁锅罩下。

寒风怒号，雪花乱舞，生机勃勃的枝叶被寒冰封印，山涧间潭波如沸，沉寂千年的渣滓被囫囵搅起，抛向空里，又被妖龙喷出的寒雾瞬间冰封，重新跌回潭里。

此时天地间只剩下两种颜色，非黑即灰，四处晦暗难明，光影缭乱，似乎到处都闪烁着幢幢鬼影。

诡谲幽暗的光影里，只有人神斗法时偶尔激发的强大电光才能将天地人物瞬间照亮，一齐显现出光怪陆离的身影。

在这样惨烈的混乱里，百余里外，僻静一隅中忽然扬起的漫天花雨，还有花雨中随风零落的身影，反倒显得有些微不足道，丝毫不引人留意。

片刻后……

“果然是领袖人间千年的教门！”

见凡间门派居然能支持小半晌之久，箭光剑影中犹如闲庭信步的南海水侯也忍不住有些小小惊奇。他想着，这时候，那个可恶的张堂主，还有他的贴身侍女，已不知被自己的雷霆一击打到哪儿去了。虽然这早在自己意料之中，但总算出了口恶气，心中还是忍不住有些快意。

不过，有些奇怪的是，虽然那少年已被打飞，他失落的飞剑失去了主人操控，却仍然如有神助，光华连闪，不仅帮那个小姑娘抵挡住龙灵子与无支祁的联手攻击，还有空四处流窜，偷袭那些施放冰雹的龙族兵士。

这时，灵漪儿见南海水侯伤了小言，正如同发了疯一样迅猛攻来，神箭闪华，连珠而至，其中还夹杂着各样凶险的龙宫法术，饶是南海水侯孟章神力高出一截，还是被她搞得有些手忙脚乱。

此时罗浮山里不知从何处飘来一阵奇特的云雾，初时并不浓厚，但渐渐弥漫开来，让南海那些神目如电的龙兵神将渐渐看不清周围形势。

是时候撤军了。判断了一下眼前形势，孟章迅速做出撤军决定。此次本来便为立威，此时他们没必要再多费力气逗留。

心意已定，孟章一阵呼啸，那些正在云间攻杀的水族部下立时会意，次第收起战车兵械，一部断后，一部先行，各部曲间配合得无比娴熟默契。

只不过眨眼之间，搅得天昏地暗的南海龙军就跟在主将身后呼啸而去，抛下一地狼藉。

离去之时，这支在南海与鬼族磨砺许久的久战之师，甲士各个自行施法，抢回散落山间的受伤伙伴。到最后，那几个被上清宫拼命击伤的龙兵，竟没有一个被落下。

气急败坏的四渎龙女立时追了上去，上清宫上上下下仍不敢懈怠，全神警戒许久，直等到天边云开雾散，所有人紧绷的心神才略微松懈下来。

只不过，漫长的悲痛才刚刚开始。这些幸存的上清宫门徒还没来得及察觉自己身上的伤痛，便突然发现自己周围死伤遍地，哀鸿遍野，多少个不久前还一起读经说话的同门友朋已永远沉眠在这片冰雪废墟中……

而在他们悲伤之时，数百里外正上演着这场战事的最后一幕：

“咦？”

不知是否是冥冥中自有定数，划空飞过的南海水侯偶尔低头一看，发现那个先前被自己神鞭天闪击中的女孩正在下面的雪地中静静躺卧。

此时大雪还没停下，但女孩躺卧之处，纷舞的雪花全都向四外飘去，一片也没落到她身上。

看她神态平静淡然，容颜无比安详，就好像还活着一样，甚至不知是否是自己的错觉，孟章看到殒命女子嘴角似乎还留着一丝淡淡的微笑。

“怪哉！”

见得这样，孟章心中怪道：怎会这样？我的神鞭天闪全力祭出，莫说是凡间一个普通修炼的精灵，即使是法力高强的仙魔神将也早就魂飞魄散，灰飞烟灭，形体无存，她怎么还能像这样死后毫发无损，容颜宛然如生？

心中惊奇，孟章不假思索，袍袖一挥，瞬即将地上女孩的躯体卷上高高的云天，搁在自己身后一辆雹车上，准备带回去等有空时仔细研究。

灵漪儿远远见到这一幕，正欲加速追击，另一边却传来琼容的惊呼：“小言哥哥！”

原来，就在南海水族远去之时，小姑娘也顺着那把通灵古剑的指引，从罗浮山主峰方向寻来，找到了在雪地中僵卧的四海堂堂主。

两个女孩急忙赶至近前，发现此时小言大半个身躯都已被白雪埋住，四肢僵冷，瞑目若死，脸上更是缀满冰珠。

就在二人合力施救之时，那些龙族的精兵神将便趁机遁入浩瀚的南海，从陆地上消失得干干净净。

等灵漪儿和琼容将小言救回千鸟崖，小言苏醒，已是两日之后的事了。此时的罗浮山已是冰天雪地，满目疮痍。

从千鸟崖朝山前望去，只看得见一片茫茫白气，四处都是晶莹的冰雪。那些从未经过霜雪，原本翠绿葳蕤的洞天碧树，此刻都被厚厚的冰凌团团裹住，大部分都已经冻死。那些同样经不起冰霜风雪的禽兽生灵，也有许多被寒流冻毙，凝目望去，它们僵硬的尸体到处都是。在这片惨烈冰霜、肃杀寒风中，四季长春的南国洞天已如同北地雪国！

在这片皑皑冰雪之中，受害最重的上清诸峰却最先化去白雪，露出青黝的山峰。两天之中，上清长老合力施法，奋力融去冰封山岩的霜雪，那些幸存的门人弟子，则都按捺下满腔的悲愤，开始收殓废墟中遇难同门的尸体。

经过大致点检，发现原本人数便不是很多的上清宫，满门弟子竟是十去其三，其中大部分死难弟子都是入山没几年的年轻门人。这些年轻人本来满怀向道之心，谁知还未窥道术门径，便死于非命。

在一片哀痛中殓葬好死难弟子，上清宫众人来不及顾及其他，便又在掌门亲自率领下，忙碌着收集散落四处的木石砖瓦，在一片冰雪泥水中开始重建观宇。

上清宫诸峰一片愁云惨淡，小言更是自醒来后就整日发呆，躺着一动不动，犹如失去了魂魄。灵漪儿见他如此，便极力施展回魂之法，希望小言的神志能早些恢复清明；琼容则在半塌的石屋中不停施法生火，给生病的哥哥取暖。她二人又常常在小言躺卧的床榻旁说话，希望他听了能早些恢复清醒。

只是，如此三四天后，原本跳脱鲜活的小言却仍只是呆呆愣愣，两眼发直，似乎根本听不见身旁女孩这许多温言软语。

见他这副失魂落魄的样子，灵漪儿并不气馁，又和琼容去远山冰雪岩缝中辛苦采来一些残存的安神药草，在小屋中熬成药汤，喂小言喝下。

已是一身憔悴的灵虚掌门也在百忙中抽身过来探看，见到小言两眼无神如若不见的模样，只是叹息一声，拜托二人好生照顾，也就去了。

这样又过了两三天，正当灵漪儿出去采药、琼容守在榻旁看着哥哥憔悴的面容暗暗抹泪时，却猛然发现，小言僵直的手指突然间动了一下。

“哥哥！你能动了？你都好了?”见榻上小言手足渐渐展动，眼神也渐转清明，琼容又惊又喜，急忙发问。

“嗯……都好了。”几天没说话，原本口齿伶俐的小言说这简单的四个字时竟觉得无比艰涩。

他坐了起来，停了一时，又开口问道:“灵漪儿呢?”

“灵漪儿姐姐吗？她出去采药了——”迟疑了一下，琼容又装作若无其事地说道，“雪宜姐姐被那个龙王带走了，过几天再回来。”

虽然小言没问，但小姑娘还是忍不住把灵漪儿姐姐教给她的话一并说了出来，希望哥哥听了能安心。只是在说这话时，她的眼中却噙满泪水，不住地在眼眶边打转，若不是她拼命忍住，恐怕早就在小言面前哭出声了。

“哦。”听了琼容的话，小言却是若有所思，不再说话。

石屋中又陷入一片沉寂。虽然此刻琼容非常想多说些话给哥哥解闷，但因为要拼命忍住泪水，一时便只好不再说话。

正当屋内气氛有些清冷之时，却忽听门口传来吧嗒一声，伴随着一声惊喜的呼唤："小言！"

原来是灵漪儿回来了，她看到小言好好地坐在榻上，手中那把草药直接掉在了地上。

"灵漪儿，多谢你们了！"此时小言的声音已变得十分清朗。

传入耳中的话语还和往日一样亲切，但灵漪儿觉着还是有些不放心，便又朝小言仔细看去。就这样凝眸相视，直到片刻后才完全放下心来。

只是，见小言终于没事，她便忽然觉得心中似有千言万语要说，只是话到嘴边，却又不知从何说起，反倒是一阵辛酸涌上心头，化作一阵呜咽，倚在门边即已泣不成声。

魂兮归来后，自有其悲悲喜喜。

此后小言便去了飞云顶，找到正在亲自督工建造弟子寝屋的掌门真人，朝他躬身一礼，恳切禀道："掌门师尊容禀，不肖弟子张小言本应即刻请罪，只是前几日身染小恙，眼下又有件必行之事，所以恳请师尊能宽限几天。"

"哦？"灵虚子停下手中活计，一振身上沾满泥土的道袍，看了小言一眼，道，"去吧。"

简短答完，想了想，灵虚子又添了一句："若是真要见我，最好在七日内归来。"

"是。"答应一声，少年堂主一揖到地，便转身下山而去。

大约五日后，在数千里外河南豫州颍川郡长平县内一处屋舍连绵的深宅大院前，有两个女孩在大门附近的围墙前静静站立，似乎正在等人。其中那个年纪小些的女孩对着面前的老宅墙壁一动不动，似乎正盯着院墙看得入神。

她眼前这堵墙壁似乎年代久远，上面附着许多块新旧不一的苔痕，和那些雨水淋下的水渍组合在一起，形成了一幅奇形怪状的壁画，正引得小姑娘长久认真观看。

正当她看得入神,忽听旁边大门内一阵欣喜的话顺风传来:“琼容快来,跟我去见梁员外,他已经答应收你为义女了!”

“……喔?”

正是:

万虑皆捐尽,
轻身一剑间。
别来重会日,
当在两三年。

第十一章

十年藏剑，一朝吼破风云

“琼容！辛苦了这几天，哥哥终于给你找了户好人家！”

进了梁府，小言便一脸微笑地跟梁员外介绍琼容。客厅中慈眉善目的梁员外原本还有些淡淡的，一副无可无不可的模样，等小言把琼容叫来，一看这粉雕玉琢的小姑娘，他便顿时从太师椅中站起来，眉开眼笑，红光满面。

“好！好！好！”瞅着琼容，一向慢条斯理的稳重老员外说话也变得有几分急促，“老天待我梁眉公不薄！”

老员外满口赞个不停：“想我梁眉公一生行善，膝下却无半点子息。原以为是老天爷捉弄我，没承想熬到六十头上，却给我赐下这么个玉女！”

瞅着美玉奇葩一样的琼容，梁员外笑得合不拢嘴。

这时候被他叫来一起见义女的梁老夫人也同样笑得满脸皱纹都舒展开来，一时不知道该说什么好。

不过梁老夫人对自己的相公向来是不得意时好言好语，高兴时便泼泼冷水。现在见夫君有些得意忘形，满头珠翠的老夫人便敛了笑意，说道：“相公啊，现在知道老天有眼了吧？亏你这些天还一直抱怨老天不公，连修桥补路的积善心思也淡了……”

说到这儿，她忽然想起一事，慌慌张张说道："不行，我得赶紧回香堂给神灵添炷香，免得他们一怪罪，这到手的好女儿又飞了！"

边说边行，眨眼间梁老夫人就已消失在屏风后。

见老夫人走了，小言便跟梁员外说道："其实夫人过虑了。府上乃簪缨之族，梁老爷以前又是朝廷尚书，一向为官清明，老天爷又怎会薄待。"

听他这么说，退休还乡的老尚书果然开颜。

只不过直到这时，那个被叫进内堂的小姑娘还是糊里糊涂，只顾瞪大眼睛四处张望，却不明白他们在说些什么。

再说梁员外，等初时的惊喜过去，现在却渐渐有些疑惑起来。好不容易把目光从琼容身上移开，梁员外便问小言："张公子，请恕老夫直言，我看阁下三人这神情气度，应该是江湖异人，怎会落魄到要卖身求银？莫非，你们有什么难言之隐？"

"唉……"听老员外问起，小言叹了一声，脸上笼起一层愁云，"老员外果然目光如炬。我与这位灵漪儿姑娘其实都是江湖儿女，琼容则是我的义妹。我们都曾在岭南深山学剑，原想着有一天下山扬名立万，出人头地。谁知江湖险恶，风波不测，下山半年，不仅剑客侠士没做成，到今天还落得个身无分文的下场。一文钱难倒英雄汉，若不是缺钱，我也不会狠下心让义妹来做您家的义女！"

说到这儿，一直留意梁员外神色的小言见他还有些将信将疑，又道："唉，其实江湖漂泊，风吹雨淋，我也厌倦了。您看我义妹，还未长大，就和经不起风霜的花骨朵一样，我又怎么舍得再让她跟着我们吃苦？这一路行来，到了贵府境内，听人四处传扬您好善积德之名，您膝下又无儿女，我便想着不如将义妹荐为梁府螟蛉义女，这样不仅我和灵妹能得些银钱，对琼容来说，也算有了个好归宿……"

说到这儿，小言忽又变得有些愤愤："哼！都是传言哄人，说什么'穷文富武'，还以为练武能致富，谁知后来下山一打听，才知道这话的意思竟是说只有富人才有闲工夫练武！"

"咳咳！"听到这儿，老员外已完全释然了，宽慰几句，便诚心诚意地挽留他们就此在府中常住。

不过听了他的挽留之词，琼容的义兄却坚辞不就，说是还有一位挚友的恩情没报，要等报恩之后，才能再回来看自己的义妹。

挽留了几句，梁员外见他们去意甚决，也就不再强求。

但此时，小言却眉目一振，对一脸喜气的梁员外按剑说道："老员外，张某乃江湖之人，不懂客套。先谢过您的大恩大德，还想再说一句冒犯之语，若不能真心善待我义妹，则他日我回来定不相饶！"

"自然，自然！"梁员外闻言满口答应。

小言跟身旁的女孩一示意，两人一同转身离去。只是才迈出三四步，小言便觉得身边一阵风响，眨眼间前面就多了一个人。

这人正是琼容，她蹦蹦跳跳地朝门口跑去，仿佛此事与她无关。

"……琼容你回来。"直到这时，小言才知道自己忘了最重要的一件事。

琼容应声而回，仰脸问道："哥哥想跟琼容说什么？"

见哥哥一脸严肃地盯着自己一动不动，琼容便觉得有些奇怪。

见天真的小女孩仍然浑浑噩噩，小言琢磨了一下，眼睛一亮，说道："对了，琼容，记不记得你曾跟哥哥说过一句话？"

"嗯，记得！"小姑娘响亮回答。

"你是不是说过，你很乖，什么都听哥哥的？"

"是呀！是说过！"

"嗯，那好，那今天哥哥就要琼容听话，做一件事。"

"好啊，做什么事？"

"也没什么大事，就是琼容你留在这儿，做这位梁老爷的女儿。"

"嗯！"

"好！琼容真乖，我和你灵漪儿姐姐就先走了。"

说罢，小言一扯灵漪儿的衣袖，绕过琼容，朝门口走去。

会不会再跟来？

小言一边走一边忍不住回头，还好这回琼容站在原地未动。

呼……琼容果然听话！

出了梁府大门，走出两三条街，一路留神的张堂主发觉琼容真的没再跟来，这才真正放下心来。

等出了城门，又走出好几里路，小言才停下，跟身边的女孩认真说道："灵漪儿……编了这么个理由，把琼容寄人檐下，我也是迫不得已……"

"嗯，我知道。"娇美的灵漪儿应声回答，目光温柔地看着小言。也许，经过前些天那一场变故，原本无忧无虑的娇蛮龙女对世情的了解也多了几分。

听了灵漪儿这样的回答，小言满怀感激，只不过此后他再也没说话，只是站在路中发起愣来。

此时夕阳西下，长平城外的古道边野草萋萋。细长的草叶相互摩挲，被秋风吹得沙沙作响，传入耳中，更添人愁绪。

古道上，斜阳中，小言、灵漪儿二人的影子正被夕阳拉得细长。

静默良久，伫立的小言终于重又开口："其实，我真不忍心把她放在梁家。我，我现在就有些想她……"

一语说罢，正惆怅之时，便听有人答话："嘻嘻！真开心！我就知道哥哥不是真的把琼容丢下！"

"呃?!"

小言闻声愕然回头，却发现夕阳古道上，一个玲珑如玉的小女孩不知何时已站在自己身后，一脸明媚笑颜地看着自己。此时夕阳从她身后映来，将她的笑脸映衬得极为灿烂，从原野吹来的清风又将她的几缕发丝吹在如花笑靥前，在夕阳中闪耀着灿烂的金光。

"琼容，你怎么跟来了？"小言刚要欣喜，却忽然想起什么，立即板起脸说道，"琼容，你怎么不听哥哥话，自己偷偷跑回来？"

"嘻！"见哥哥责怪，琼容丝毫不以为意，反倒雀跃着奔到近前，紧紧靠在小言身前，仰着脸说道，"堂主哥哥不要以为琼容小就什么都不记得！哥哥走后，琼容就想起来了，我原来说过的是每次都要听哥哥话，但除了不让琼容跟在哥哥身边！"

"……"小言闻言，一时无言以对。

正在这时，却听得县城那边忽然响起一串嗒嗒的马蹄声，一骑急来，须臾就在小言身前停下。

只见马上骑者翻身下马，气喘吁吁地说道："张公子请留步！"

小言闻言一看，发现来人正是梁府管家。

见他追来，小言面露惭色，忙道："对不住，是舍妹不听话。您再稍等等，等我劝劝她，保证让她跟您回去！"

"不必了。"正解释时，却见管家略一摆手，说道，"张公子，我家老爷刚才说了，您与琼容两人兄妹情深，是他无福，不必强求了。"

"这……"

小言还想说什么，却听管家又道："小人现在来，便是要帮老爷给公子带句话。老爷说，他见公子虽然言辞踊跃，但眉宇深锁，愁气盈目，便不忍给你再添新愁。老爷还说——"

说到这儿，老管家顿了顿，仔细回想一下，接着道："我家老爷说，即使有天大的事，公子也不必灰心。因为穷途并非末路，绝处亦可逢生！”

说罢，梁府管家便一拱手，说道：“小人话已带到，不敢耽搁贵客行程。告辞！”随即偏腿上马，驾的一声，竟自扬鞭催马而去。

望着烟尘中一人一马远去的背影，小言在心中反复回味着管家刚才带到的话。只不过刚沉思没多久，便忽听胸前有嘤嘤声响起。

闻声诧异，小言忙收拢心神，双手按在怀中小姑娘肩上，将她稍稍推远，便见身前这个向来活泼喜气的小丫头，此刻却扁着小嘴，哭得泪流满面。

“琼容，你怎么了?!”

此时小姑娘虽然只是静静哭泣，几近无声，却比以往那一两次的啼哭更加悲伤。珍珠般的眼泪顺着粉腮一对一对地不住往下落，转眼就打湿了她粉色的衫袖。

忽见琼容哭得这么厉害，小言一时慌了神，急忙问她为什么难过。旁边灵漪儿也赶紧过来，连声劝慰。

听了他俩的安慰，琼容略略住了哭声，抽抽噎噎地说道：“呜呜，一定是小言哥哥非常讨厌琼容，才想把琼容丢掉。呜呜呜！”

“……其实不是的！”

见琼容泪珠子扑簌簌不停往下落，看来真是很难过，到得此刻，小言只好跟她说出心里话：“琼容，不是我想把你丢掉。妹妹你懂事又可爱，我怎么会讨厌你？其实这一回，哥哥是要去南海给你雪宜姐姐报仇，但这些天里，我总是想起魔洲凶犁长老那句话，说你们是‘两只长离鸟，一树短命花’。现在，你雪宜姐姐她……”

说到这里，小言一脸痛苦：“长老那话已经有一半应验在雪宜身上。我这回去南海凶多吉少，若是你也跟去，真怕也会和你长久分离……我想这些都是天命，都是预先注定的，谁都改变不了。与其将来不知如何长离，还不如现在把你托付给一户好人家，应了那诅咒，省得将来……”

说到这里，小言已说不下去。原本哭得如小荷带雨的琼容，却渐渐停下悲泣。

过了没多一会儿，琼容脸上犹带雨露，却已绽开了笑颜：“开心，原来哥哥不是真的讨厌琼容！”

高兴之时，琼容见哥哥仍是一脸痛苦，便愣了愣，用心想了想，忽用少有的严肃口气说道：“哥哥，什么是天命，什么是注定？天命是什么人定的呢？”

小姑娘有些愤然：“哼！这些定天命的人，都是不懂事！哥哥你放心，如果他们定得坏，只要哥哥不赶琼容走，琼容就一定努力，帮哥哥一起把这些天命都改变！”

“嗯……”

听来历奇特的小姑娘神色坚定地认真说出这番话语，不知怎的，小言心中却起了一阵奇特的变化。一种非常奇异而又古怪的感觉蓦然在心头升起，竟让小言觉得，眼前这个可爱听话的小姑娘，忽变得既熟悉，又陌生。

沉默片刻，熟视琼容半晌，小言才悠悠回过神来，心中想道：嗯，如果有一天，真要与琼容那样别离，我便也不惜此命，随她而去，如此长离吧。

心中主意已定，原本散乱愁苦的心神仿佛得了片刻宁静。

四海堂堂主语气温柔，俯身跟妹妹说道：“对，妹妹说得对，这世上没什么是天注定！即使有人要捉弄我们，我们也不会束手就擒！”

“嗯！”

琼容听了，高兴地应了一声，转脸对旁边静静相看的灵漪儿开心说道：“灵漪儿姐姐，哥哥真的不讨厌我，还夸我！”

“嗯，那当然。”灵漪儿含笑抚着小姑娘柔顺的发丝，说道，“琼容这么乖，谁都会疼的！”

到得此时，所有人心中都有了决定，便又恢复了几分往日的气氛，一起往南边罗浮山的方向赶去。

两三个时辰之后，三个疾速赶路的少年男女来到一处集镇。这时天色已晚，街上人来人往，一片灯火通明。

赶了半天路，也有些倦乏，小言便提议大家暂在镇中歇下。灵漪儿与琼容自无异议，三人便一起往集镇繁华处赶去。

走了没多久，小言便看到远处街角点着几支粗大的牛油明烛，将一大块黄布幡照得一片光明。

小言目力甚佳，虽然离得很远，黄布幡上的几个大字还是看得一清二楚："运命无常，前程有数……有趣有趣。"

见布幡写得有趣，小言便踱过去，问那个相士打扮的中年汉子道："请教这位神算，为什么不写'命运'，而要倒过来写成'运命'？"

见有人上门却不照顾自己生意，只顾在那儿问些不相干的事情，这一天都没怎么开张的倒霉相士便有些没好气，冲小言翻着白眼叫道："呸！什么命运、运命的，只要老子高兴，想颠倒就颠倒……"

话刚说到一半，相士见摊前少年突然手舞足蹈起来，一副发狂模样："呃，这位小哥你……"

晦气！原来遇上个羊癫风！

算命的暗暗叫苦，但也不能袖手旁观，只好从木板桌后站起，想绕过来将发病的年轻人按住。

谁知，等他刚一站起，却发现这发癫少年已经平复。

见相士要过来，少年平静地说了一句："多谢神算先生，我懂了。"

说罢，快速康复的少年拱一拱手，转身离去。

吓！莫名其妙，却原来是个疯子。

叫了声"晦气",平白受了一场虚惊的相士恨恨地坐下,准备收拢一下桌上的文书签卦,就此收摊。正在此时,他眼前忽然银光一闪,只听得砰的一声,已有一物落在木板桌上。

"啊,这是?!"

等他看清眼前之物惊得瞪大眼睛时,却听远处人群里传来一阵清朗话语:"小小酬银,不成敬意,敬请先生收下。"

这话语虽然隔得远,但传入耳中甚是清晰,只不过此刻这个相士已经顾不得分辨其中的内容,只顾抓过这一锭大银,在手中不住摩挲:"这,这大概有二十两吧!"

乐得片刻,略略清醒,相士便抬眼努力寻找那位恩公的踪迹,却只见街上人来人往,再也看不见豪阔少年的身影。激动的相士只好坐下,将银锭小心收入褡裢,又回头仔细研看了一阵身后的招牌布幡,从袖中摸出五枚铜钱,祷祝几句,将铜钱往木案上一撒,卜一课金钱卦。

"呀!"

等看到铜钱在桌上笔筒竹签间排布的模样,一直恍恍惚惚的穷相士恍然大悟:"原来是一卦'马得夜草'!"

到得此时,相士满心庆幸:"幸好幸好,早说今晚不必急着收摊了!"

且不说此后相士一直照顾生意到深夜,再说小言,转身从卦案前离开,赠过酬银,便去找琼容和灵漪儿。他在人群中张望一阵,却一时没看见二人踪迹,正有些着急,忽听不远处有一个熟悉的稚嫩嗓音顺风传来:"大叔!你的蒸碗糕中嵌的明明是杏仁脯,却骗我说是红枣!"

一语未落,就有人叫屈:"哎哟,我的小姑奶奶!我不是存心骗你,是我忙中出错,拿错碗糕给你了。要知道这杏仁糕比红枣糕还贵上三文哩!"

“哼！才不信——”小姑娘争辩道，“大叔，你可不要欺骗我们，我哥哥很厉害的，他马上就来！”

两三丈外的人群中，听得小姑娘这番话语，小言脸上终于露出了他十几天来第一缕真正的笑容。

此后小言再没心思在小镇停留，招呼过灵漪儿、琼容，三人便一路疾行，星夜赶往罗浮山。

一路飘飞，四五个时辰过后，他们便来到一片连绵的山脉上空。

此处小言略有些印象，知道过了这片连绵的山场，再行得一千多里地，便可赶到罗浮山。

这时候大约是寅时之初，正是黎明前最黑暗的时候。一路急赶，在微弱的星光中，小言看到琼容额头已沁出几颗汗珠，便招呼一声，飞到这片群山中最高的山峰，立在突兀高耸的山头，暂作休息。

此刻夜色正浓，只有借着天上云缝间一点微弱的星光，才能看见脚下群山万壑间山雾涌动，半灰半白，变幻莫测，环绕着他们脚下这一点突兀出群的山峰，如浪如潮，将他们三人浮在半空。

他们头顶的天空也汹涌着万里的云霾，遮住天穹，与大地上滚滚的山岚遥相应和，将小言三人隔离在天地云雾之中。

在他们这几个孤独的身影上空，铺盖万里的云阵越到东天越浓，仿佛要极力遮住可能刺破万里云层的光华。

而此刻，伫立高峰，强风吹面，仰观天极俯瞰万物，萧索数日的四海堂堂主忽觉一阵心潮涌动，似有一种要仰天长啸的冲动。

又过了片刻，面对这眼前上下翻滚、无天无地的风岚云雾，傲立峰巅的小言忽然间放声高歌：

天地为炉兮，

造化为工。

阴阳为炭兮，

万物为铜……

这首冲破胸臆、发自内心深处的歌曲豪迈壮阔，到后来已听不清具体词句，只变成一串磅礴的啸歌，轰轰地滚动在天地苍穹中。

这时候，东天边最浓厚黑暗的云层似被这龙吟虎啸般的歌声震动，忽然云开一线，露出一缕冷色的光辉。这点蒙蒙的曙光须臾间便刺穿浓重的云雾，越照越亮，越亮越开，几乎只在转瞬之后便将满天沉沉的云壳撕开一线，照亮整个东天的苍穹。

自此之后，东天的光明就如同决堤的风潮，朝小言这边汹涌而来。明亮绚丽的太阳光辉和横奔如雷的长啸相对飞驰，不久便在云空中相撞——

这之后，原本喧嚣满天的云霾忽然间一扫而空，千山锦照，万壑霞开，转眼间明丽光辉的朝阳已提前照亮无尽的云天。

这时，声震天日的长啸已渐渐停歇。待啸声落定，原本豪情万丈的小言却忽然陷入了沉思：刚才的感觉是那么奇妙。脚下是无尽的大地，头顶是无垠的虚空，在那个短暂的瞬间，好似一切都在自己掌握之中，仿佛那一刻，将这无限光明带给沉睡大地的是自己，而不是朝阳！

"啾啾——"

正当出身卑微的小言为刚才主宰万物的错觉有些惶恐惊慌时，却听得身边响起一阵乳莺般的啼鸣。听了这稚嫩的嗓音，不用转头也知道这是琼容在学他的样子，在清晨的山巅仰天长鸣。

只是学样之时，琼容的嗓音细声细气，极力呼出的啸鸣并没能传遍万里长空，只是撞在眼前的山壑中，引起一阵阵连绵不绝的悦耳回音。

随着她这声初啼，山川中那些震慑于刚才那一阵崩腾咆哮的瑟缩林鸟也终于平复了心神，一起随着清灵延绵的空谷回音，叫出各自啁啾的鸟鸣。于是巍巍群山，莽莽山林，终于在明照万里的朝阳中真正苏醒！

第十二章

花惊鸟去，纵江湖之旧心

等明亮的阳光普照大地，在万峰之巅小憩的三人都感到身上一阵暖意。

沐浴在万道霞光之中，小言举目四顾，只觉得远近山川俱明，山林树木间流光点点，仿佛在万里河山中有无数张亲切的脸庞正对着自己温柔地笑。

“呼！”

冥冥中感觉出天地万物对自己宽和的微笑，小言不觉长长舒了口气。在刚才直抒胸臆的长啸声中，那种主宰万物、睥睨万世、几乎与东天旭日朝阳分庭抗礼的豪情油然而生，但等啸声停歇之后，小言并没感觉到多少快意，却觉得有些莫名的惊慌惶惑。

只不过虽然山川如常，天日如旧，初出茅庐的四海堂堂主还是清楚地感觉到，这一刻的自己，仿佛已与前一刻大为不同。

察觉出这一点，小言不禁有些怔怔出神：“这……就是大道有成吗？如此简单，是不是当年自己在饶州时，哪天起个早，找个马蹄山附近最高的山峰，爬到山顶看看日出，就能成功？”

在万山之巅的山风中，想到这个古怪的问题，聪明伶俐的小言出神良久。

直等过了许久，小言才醒悟过来，觉得刚才这想法如此荒诞。想他离家问道的两三年间，学到的，并不仅仅是那些威力强大的法术。

想通这点，在天风拂面、霞光照耀下，一向平淡亲和的小言眼中竟闪过几分并不常见的神采。

“哥哥！”正当小言出神时，旁边的琼容叫道，“哥哥这些天都很难过，怎么忽然就开心了？”

“琼容！”听得这样无忌的童言，灵漪儿赶忙出声打断。

不过小言倒没觉得有什么，将游弋万里的神思收拢回来，转头看了看正仰脸望着他等他回答的小姑娘。她粉嫩的脸蛋此时正被朝霞映得红扑扑的，就像涂了一层胭脂。小言伸手过去，在她鼻头刮了一下，笑着回答她：“琼容，这是因为哥哥马上就要带你们一起去南海找回雪宜姐姐了。南海很大，有本事的人很多，要是哥哥只顾伤心，整天发愁，不单救不回你雪宜姐姐，还会把性命丢掉。”

“噢！”

小言这番话，琼容听得似懂非懂，不过听到哥哥明确说会带自己一起去找雪宜姐姐，她便笑逐颜开，重重点了点头。

说来琼容平生最信小言，现在听他几次都说找回雪宜姐姐，她便觉得雪宜姐姐真的没有死，只不过是暂时被坏人带到了一个很远的地方，只要自己用心去找，总有一天姐姐还会回到自己身边。这么一想，稀里糊涂的小姑娘便觉得自己的小小心眼儿里已变得好过了许多。

这时，站在她身边的四渎龙女灵漪儿望着霞光中小言乐观坚定的面容，却忽然觉得胸口如被大石堵住。朱唇檀口动了动，灵漪儿想接着小言的话头说些什么，却始终什么都没说出口。

静默了片刻，灵漪儿忽然间泪落如雨，哽咽说道：“小言……这次都是我害了你，害了雪宜……都怪我！呜呜！”

歉然的话语随着纷落的泪珠说出，断断续续，正是悲不可抑。

“灵漪儿，这怎么能怪你？”见灵漪儿忽然泣不成声，小言叹了口气，安慰道，“这次分明是孟章蓄意挑衅，罔顾人命，怪不得其他任何人。”小言停住话语，伸手抚住灵漪儿颤抖的肩头，决然说道，“灵漪儿，这次你也看到了，孟章竟是这样的人物。这更说明你不能嫁给这样的凶恶之徒，我想雪宜在天之灵也不会愿意看到你错付终身！”

“嗯……”

听小言这么一说，原本悲恸自责的灵漪儿渐渐止住哭声，但随即又怒上心头。她本就疾恶如仇，此时更是面若寒霜，愤然怒道：“没承想孟章这个水族败类竟这样丧心病狂！终有一天，我要把他送上剐龙台！”

“好！”小言闻言，快语说道，“那我们现在就尽快赶回罗浮山，禀过掌门，好早点去找那条恶龙报仇！”

“嗯！”

灵漪儿答应一声，三人便腾空而起，宛如星驰雷行，转眼就已消失在云空之中。

一路疾行，下午未时之初三人便赶到了罗浮山附近的传罗县城。

这时刚过正午，传罗县城中阳光灿烂，街道上那些被行人磨得光滑的青石板正在太阳下闪闪发亮。

这日正是小言几人离开罗浮山的第六天，到了传罗县城，小言并没急着回山，因为他还有一件重要的事情要做。

进了传罗县城，没多久小言三人便来到县衙前。见到当值的皂衣差役正靠在石狮阴影里嗑牙花子，小言走上前去，恭敬一礼，说道：“这位差爷，麻烦您跟李县爷通传一声，就说上清宫张小言前来求见！”

“上清宫?!”正当小言赔着笑脸说话时,眼前这个当值的差役忽然像被蝎子蜇了一下,猛地往后一跳,退后几步定了定神,才打着官腔不耐烦地说道,“你有什么事?我家老爷日理万机,很忙的!如果没什么事,你这样的杂毛道士就不要来打搅了!”

见他这样反应,话又说得这样不客气,小言想起刚才一路见到的情景,便不禁有些黯然。无法,他只好亮出自己的另一个官家身份,突然换了一副面皮,一脸怒气,厉声喝道:“好你个不开眼的泼徒!难道你家老爷没告诉你,这传罗县境内还有个圣上亲批的中散大夫?赶快去给我通传!”

话音未落,只听唰唰两声,身旁琼容早已亮出那两把流火一样的小刀,身子前倾,一脸愤怒,如同一只出柙乳虎,似乎只等小言一声令下,就要上前攻击。

“哇呀!我去我去!”见得这个阵仗,差役吓得屁滚尿流,一路跌跌撞撞,急忙奔到大堂中跟县太爷禀报。

小言、灵漪儿、琼容在衙门后府书房中见到了传罗县县官李老爷,见过礼之后,便分宾主落座。

跟来客劝过茶,又听他们说明来意,留着三撇山羊胡的县太爷便将手中茶盏放在一旁茶几上,跟眼前的小言含笑说道:“不错,张中散果然识时务。上清宫近来遭受天谴,也不知做下什么罪大恶极之事,以致被南海龙王爷降下罪罚。此事民间已传得沸沸扬扬,中散大人您是少年英才,自然爱惜羽毛,今日光临鄙衙,来跟朝廷申告脱离恶教上清宫,那也是十分对的。”

看来这李老爷也是耳目灵通之辈,不知从哪处听说自己辖内这少年散官在朝中颇有人脉,背后的势力竟是深不可测,于是说话间便客气非常。

揣摩完来人心意,这位李老爷便拍着胸脯不无谄媚地保证道:“放心,这点小事都包在下官身上!若是中散大人您还担心有人说闲话,损了令名,那下官便自告奋勇给朝廷写上一封奏折，言明大人的委屈心迹——呵，下官连奏折名目都拟好了，就叫‘深山出清泉，出浊溪而不染’。当然，下官文思简陋，终稿还需大人雅正……”

“咳咳！”见这位热心的父母官大人越扯越远，小言赶紧打断他的话头，说道，“大人您误会了！我这次来，不是为了跟朝廷申明脱离上清宫，恰恰相反，我是来跟李大人说一声，请您代我启奏朝廷，就说我张小言本就是后学末进，久冒中散之名，心中时时愧疚，早就有辞官之心。今日得了闲暇，便来跟大人说明，还望大人相助！”

乍听小言之言，李老爷一时怔住，直过了良久才缓过神来。

正当小言见状准备回答他的各样疑问时，却见眼前这个县老爷忽然鼓掌大笑，满口赞道：“好好好！果然不愧是朝廷看重的中散大人，这见识下官望尘莫及！这回上清宫出了这样的恶事，若依着下官愚见，一力撇清推辞，不免让人生疑，还不如婉言辞官，暂时归隐山林，正好堵了天下悠悠众口，还能全了老大人您清高之名！哎呀！这样深谋远虑，筹划经营，实在是常人难及！老大人您真是前途不可限量，不可限量！”

五十多岁年纪的县太爷对着小言这个少年竟一口一个“老大人”，叫得还极为顺畅，毫不迟疑。

见李老爷曲解了自己的意思，小言却是哭笑不得。不过此时他觉得也不必多言，便只是接着李老爷的话茬儿说道：“好，那就麻烦大人了。”

“不麻烦不麻烦，一定效劳，一定效劳！”

看着小言高深莫测的笑容，李老爷满脸堆笑，在座位上不住躬身点头，态度极为恭敬。

见李老爷这样恭敬的态度，小言想道：“如此一来，将来我与南海龙族交恶，也不至于连累朝廷了吧……”

从传罗县衙出来，小言总算是撇去一桩心事，便与灵漪儿、琼容专心往城外罗浮山行去。出城门前，见街上那些百姓遇着个道士打扮的行人便四散躲开，如避瘟疫，小言不禁神色黯然，感叹世态炎凉。

一路看到这样的世情，更加深了他对南海恶龙的愤恨。到得此时，小言已渐渐感觉到，恐怕向南海报仇，并不仅仅是他一个人的事。

等回到罗浮山，小言并没先回自己四海堂所在的千鸟崖，而是带着琼容、灵漪儿两人径直去了掌门所在的飞云顶。

到了飞云顶，小言看到占地广阔的广场已被打扫得干干净净，如果不是那些新补的石砖跟周围的颜色不一致，乍看过去仿佛一切都没发生过。

广场北端那座被夷平的上清观废墟上，耸立起了一座新的石砌观堂，形状高大四方，门户森严，就好像一座时刻防范外敌的石城。

此时在这座新上清观四旁还有不少人正一刻不停地搬运石料，清理废砖。这些忙碌的人群中没一个是工匠打扮，全都是穿着短襟道服、脚蹬芒鞋的上清道人。

走过几杆竖着的招魂灵幡，小言三人来到上清观内，见到了上清宫掌门师尊灵虚真人。他的样貌似乎依旧精神十足，但思觉敏锐的小言感觉到掌门真人好像已苍老了十岁。

小言略略禀明来意，便见灵虚子拈须沉吟道："你是说想要脱离上清宫，自己去南海找孟章报仇？"

"正是！"小言沉声回答，"禀掌门，无论如何，上清宫这回祸从天降，死伤惨重，都与我脱不了干系。我想以此戴罪之身去南海斩杀一二龙蛇，也好赎了这身罪责。"

"哦。"灵虚子闻言，略一沉吟，不动声色地问道，"小言，你加入我上清宫虽然时日不长，但也算修行有成。你难道不知道，祸福由天，生死有命？我道家求仙问道，依的是一个清净无为。你现在起了这样的报仇之心，岂不是违了自然之道？”

听得掌门此言，小言几乎想都没想便躬身回答：“请恕弟子愚鲁，出了这事，还要我依那清净无为之道，不能。”

虽然小言这话是平静说出的，但态度十分坚决。听到这样的回答，灵虚子半晌无语，良久才说道：“我知你想夺回寇姑娘尸身，只是南海龙神岂是易与之辈？单凭你三人之力，恐怕一事无成。”

灵虚子声音平淡：“好，不管如何，小言你且耐心等到明日。等明日辰时，你再来此地，那时我便会明确答复你。”

“是！”见掌门这样吩咐，小言不再多言，行了一礼，便带着灵漪儿、琼容出门径往千鸟崖而去。

坐落在抱霞峰千鸟崖的四海堂在十几天前那场飞来横祸中，正屋和袖云亭全被神雹摧毁，西边侧屋却奇迹般毫发无损，依然立在竹林树荫中。四海堂正屋本是存放上清宫俗家弟子名册之所，小言离开罗浮山这六天里，已经有同门师兄弟们过来清理过，将那些竹简名册从瓦砾中捡出，全部搬到弘法殿中暂时保管。此时上清宫各峰仍是满目疮痍，重建工程极为浩大，山下的工匠又不肯为上清宫出力，因而暂时还腾不出力量重建四海堂。

千鸟崖对小言三人来说就如同自己的家园，现在见崖上房舍一半被毁，面对着满地狼藉，三人都黯然神伤。

稍后琼容在废墟中翻出几颗被砖瓦压烂的酸果，认出正是前些天雪宜为她腌下的杏脯，当时便倚在断壁残垣中放声大哭。

目睹这样的物是人非，小言和灵漪儿也忍不住愀然而悲。

等到入夜之时，宵芒冥王趁夜而来，跟小言禀报，说他这几天已寻遍整个罗浮山，但丝毫没发觉雪宜的魂魄。

原来，就在前几天下山之前，小言便嘱托宵芒，请他帮自己寻找雪宜的魂灵。现在回到千鸟崖，听了宵芒的禀告，小言更是难过。

看来，在孟章挟天地自然之威的雷霆一击下，雪宜已是魂飞魄散，当时能保存尸身，已是十分神奇。

这一晚，小言三人勉强在西边侧屋中住下，灵漪儿与琼容一屋，小言另一屋。

入睡之前，灵漪儿与琼容来到小言屋中，想和他说说话。只是此地此时，即使是平时最多话的琼容也言语哽咽，说不出什么话来。

清冷的山屋中，三人便这样默然无言，长愁对影，凄清寂寥。枯坐移时，夜色渐深，灵漪儿便带琼容回屋睡觉，小言也在木榻上和衣躺下。

只是虽然躺下，这一晚却辗转反侧。

山风呼啸，罗浮山中究竟有多少人能睡着？

第十三章

义无反顾，千万人吾往矣

等到了第二天早上，在东边石壁冷泉边略略梳洗后，小言便和琼容、灵漪儿赶去飞云顶上清观见掌门灵虚真人，发现他此刻正是一身隆重装束：身穿玄黑朱明氅，上绣织金云鹤纹，脚踏登云履，头顶紫金混元五岳冠，气象森严。

灵虚子这一身打扮，自小言加入上清宫以来，只在那次天下道教盛会嘉元会上才见过。

这时高大的上清殿中已是济济一堂，小言知道的所有上清宫长老殿长首座几乎都已经到齐。其中又有不少生面孔，看服饰态度，应该是上清宫在各地名山的分观观主。在他们之中，小言发现马蹄别院院长清河老道现在也是衣冠楚楚，与大家一起排列在灵虚子下手两旁。所有这些赶来罗浮山飞云顶议事的上清宫耆宿都是鹤袍云氅，穿得极为正式威严。

看到小言到来，居于正中的灵虚掌门便开言说道："好，现在人已到齐，我们便来商量一下十数天前本门遭遇的那一场大劫的应对之法。"

在灵虚子示意下，接下来殿堂中的上清宫长老前辈便依次说出了自己的看法和观点。

小言在一旁静听，发现越是辈分高的师伯师祖，出言便越是老成持重。虽然他们大都对南海龙神十分愤恨，但提到应对之法时，都显得极为慎重，不少人的立论也和昨日灵虚子的那番话差不多，言语间牢牢秉持“清净无为”之道，认为“一切有果必有因”，事情既已经发生，便不妨放长眼量，从长计议。

在这番议论之中，倒是相对年轻的上清宫长老，如清溟子等人，出言激愤，认为无论如何都得以牙还牙，显示罗浮山上清宫并不会任人鱼肉。

只是，即便是这少数主张报仇的几个人，一提到具体的报仇事宜，也个个哑然无言。因为他们无论是否亲见十几天前那场大战，也都知道南海龙神一族的厉害。自己所在的上清宫虽然在人间屹立千年，根深蒂固，但跟南海那些神灵相比，又实在是微不足道，不值一提，否则又怎么会被一支人数不多的龙族军马打得几乎没有还手之力？

这场纷纷纭纭的争论一直没轮到小言说话。与他相似，那位自马蹄山而来的清河院长也是一直闭口不言，只在一旁呵呵傻笑，静听诸位长老发言。

过不多久，等大多数长老耆宿说过看法，殿里众人便渐渐起了争论。正在这时，稳立大殿正中的灵虚掌门将双手在虚空中朝下压了压，示意众人安静，然后转过目光，朝正在人群中发呆的马蹄别院院长颔首示意：“清河道长，为何大家都说出了自己的看法，你却不言？”

听见掌门师尊点名，清河老道忙敛去一脸无可无不可的笑容，应声出列，来到殿中，朝灵虚子一揖，然后又拱手朝四周团团一拜，礼敬完毕，便提高嗓门，大声说道：“掌门师尊，各位长老，请听清河一言！”

此言一出，殿中顿时寂静无声。那些知道清河老道这些年底细的长老前辈见这个惹事的弟子一扫往日落魄不羁的模样，顿时个个惊奇。现在他们都抬首扬眉，想听听这重新起复的掌门首徒到底有什么独特看法。

只听清河老道又咳了一声，清了清嗓子，响亮说道："各位，若依清河之言，我们都还得听灵虚掌门的！掌门掌门，执掌一门，大难来时，自然要请他出马！大家静一静，静一静，我们一起来听掌门真人说啥！"

这话说到最后，常年走街串巷净宅贩符的清河老道已经有点像在吆喝。

听他这样说话，大殿中一片哗然，有不少长老耆宿已在暗暗摇头。

只不过出乎所有人意料，听得清河老道此言，那位向来习惯喝叱这个不成器首徒的掌门真人并没开口喝骂，而是点了点头，竟微笑赞同："好，为师就依你之言。只不过这番话，却不能只说给你们听。"

话音落定，就听得殿外三声钟响，洪亮悠长，在四外山谷间不住回荡。

听得钟声，众人都知道掌门正在召集所有弟子门人前来上清宫飞云顶议事。此后，在钟声的袅袅余音中，石观中的诸位长老便跟在灵虚子身后鱼贯而出，来到观外广场上。

过了没多久，分散在抱霞、朱明、郁秀三峰的上清宫门人，或御剑，或疾行，很快都来到飞云顶，在广场上按各殿分列整齐。此时气氛紧张，便连飞云顶后山的观天阁中也有几位闭关的前辈耆宿听了钟声从石阁窗中飘飞而出，一起到广场上聆听掌门训示。

这日天气并不晴和，头顶上天暗云沉，日光惨淡，飞云顶四周的山壑中浮动着白纱一样的厚厚云气，涌动蒸腾，没多久便已将飞云顶四周团团笼住，若从外面看去，只见得满目云雾奔涌，浑看不见其中情景。

略过这阵奇怪的云雾不提，见罗浮山所有上清宫弟子到来，灵虚子便飘然离地，升到广场南端那座高高的讲经台上，俯瞰所有上清宫门人，洪声说道："各位上清弟子，三清门徒，今日召集你们来，正是商议半月前之事。那日南海龙神孟章不问青红皂白毁我观堂，杀我门人，犯下滔天罪行。这些高高在上的神灵视我上清道徒为鱼肉刍狗，随意屠戮。且不说万物平等，天地一同，我等中土生人虽无神灵通天彻地之能，但居八纮之内、四荒之中，汇阴阳之合、神鬼之会，集灵妙之精、幽玄之粹，乃上天祝福的生灵。而那南海恶龙倒行逆施，任意杀戮，大违上天好生之德！”

说到这里，台下那些林立的弟子，无论辈分尊卑，想起前些日子的奇耻大辱，个个都是心情激荡。

此后便听灵虚掌门放缓了语气，平和说道：“我灵虚乃上清掌门，且不论人间公德正义，只说我上清门中私义。想那六七十名殉难的弟子都是年轻之人，青春年少，前途无量，生前我等同门学道，都视对方为弟妹子侄，情同手足……”

说到这儿，老掌门的语调已有些哽咽。

略顿了顿，他才继续往下说道：“而这些前途无量的年轻人竟然就因为龙神一己私利，全都殉难。这一回，若是我等人间道子再清净无为，无人肯替他们报仇，则连坊间那些贩夫走卒都不如！”

说到这里，台下那些先前秉持稳重之道的长老尽皆警醒。他们也都是才智之士，只需掌门真人点醒，便立即想通其中利害。

此时，偌大的飞云顶鸦雀无声，只听得灵虚掌门一人沉稳而激动的声音：“如果我们上清此次漠然无为，怎么对得住这些弟子的父母家人，怎么对得住他们的天上之灵？我上清勤修千年的清名，也会在我们这一代毁个一干二净！”

说到这里，灵虚掌门的声音已变得极为沉痛：“各位道友门人，我们时刻都须知道，无论如何求仙问道，我们都还是人间的教门，中土大地是我们的立教之基。这些天来，也许大家也都知道，现在山外那些黎民百姓都以为我上清罗浮乃藏污纳垢之地，不知做下什么滔天罪恶之事，引得七月飞雪，龙王爷亲来降下冰雹雷霆。想我罗浮上清，上千年的基业，到今天竟落得为天下人所不容！若不奋起反击，如何对得住上清列祖列宗！”

说到此处，灵虚子朝台下环视一周，一扫悲容，慨然说道：“今日上清所遭劫难，皆因孽龙作乱。这些日子我已得知，南海水侯孟章为所谓虚业妄名毁我上清，是希图杀鸡骇猴——只是我罗浮上清却非无力鸡雏！”

愤然说到此处，灵虚子语音忽转高昂：“我灵虚，罗浮上清第三十五代掌门，愿赴南海与恶龙一搏。同时希望能有门中法力高强者八九人与我同往，如有愿者，请出列站至石台前。”

此言一出，台下人群静默片刻，便有十几人飘然离地，从人群中飞出，站到灵虚子站立的讲经高台前。这十几人中自然包括小言、灵漪儿和琼容。等他们站出，身后人群中仍然纷纷攘攘，似乎还有门人想与掌门同行。

见这情形，灵虚子便道了一声：“人数已足，其他弟子不必出列了。”

说罢，他朝台前诸人缓缓环视一遍，无语片刻，便忽朝北面广场高喝一声：“清河何在？”

话音落地，一位灰黄道氅的老道便从人群中飞出，飘飘摇摇来到高台上。小言看得分明，一贯嬉笑怒骂的清河老道此刻却是满面肃容。

等自己的首徒来到台上，立到近前，灵虚真人便环目四顾，沉声说道：“此次上清遭难，固是恶龙作乱，我这上清掌门，也定有失德之处。今日我将远行，愿将掌门之位让出，传于我清河首徒！”

此言一出，台下上清宫门人尽皆面面相觑，都以为自己刚刚听错了。先前他们都以为，无论传给罗浮山上哪位杰出弟子，这上清宫掌门之位，也是万万传不到那个道人手中去的！

见台下门人如此反应，灵虚子只是淡淡一笑，继续说道：“本座也知道，由清河出任下届掌门恐出乎诸位意料。只是此次虽然事出非常，但这掌门传承之事我已深思熟虑数年。个中缘故,此地不及细加交代,我只能简短说明——"说到此处,灵虚真人铿锵的话语仿佛传遍飞云顶每个角落,"我灵虚座下首徒清河为本门忍辱负重数十年,立下奇功一件。其为人性情、道术法力乃为上清双绝,若为掌门,当胜我十倍!"

此言一出,台下人群中更是一阵波动,绝大多数弟子都觉得不可思议,只有极少数谙知内情者如小言、灵成子等人,才神色如常。

稍过片刻,那些满腹惊奇的上清宫弟子咀嚼了一番掌门话语,再想起台上清河老道当年的种种传闻,心中便对整个事情大抵有了初步判断,虽然并不能完全猜破内情,也知道当年清河老道被掌门真人一怒贬去饶州,一定不是因他真正犯错。

暂不说台下这番惊奇思索,再说云天下高台之上那两人。

灵虚子宣布过掌门传承之后,便命清河站到自己身前,探手摘下徒儿头上有些歪斜的莲花冠,把自己头上象征掌门身份的紫金混元五岳冠摘下,接着将徒儿的莲花冠戴在自己头上,然后又双手捧冠,将上清掌门的五岳冠郑重戴到清河头上。

等扶正清河头上的道冠之后,灵虚真人便朝自己的徒儿躬身一揖,合掌礼敬道:"灵虚参见掌门。"

随着他这一声"参见",台下所有上清宫弟子,无论辈分高低,全都朝南面台上的新掌门躬身行礼,一同参拜新掌门。

这时候,那立在高台边的新任掌门清河,对台下这些礼敬慨然相受,神色肃穆郑重。

参拜过后,台上台下所有上清宫门人便都屏气凝神,准备聆听这位新掌门的上任宣示。

只是在万众瞩目之中,这位刚刚上任的天下第一大道教的掌门却是一言不发，飘身来到石台下，走到那群要与灵虚子同赴南海复仇的门人面前，稍稍看了一眼，便合手礼敬道："灵成、灵真师叔在上，本座以为，抱霞、郁秀二峰之上还要两位师叔主掌大局，请师叔稍息儆恶惩奸之心，还是留在上清罗浮为好。"

"是，谨遵掌教真人吩咐。"

听得清河掌门之言，人群中德高望重的灵成子、灵真子全都依言出列，恭敬答言，然后便重新回到原来站立之处。

目送他们走回原处，清河又反身审视一周，忽然袍袖一拂，从列中卷出一人。在一阵平地卷起的清风之中，这人已被送回他的来处。

附近众人只见清河道人朝那名弟子去处道："你是天一藏经阁中清旸师弟的弟子净行吧？此次南海之行风波莫测，你这样的年轻门人应当留在罗浮勤修才是，有你这样果敢决绝的后辈门人，我上清一门便永不会断绝！"

听得此言，左近众人尽皆点头，对这位新任掌门颇有些刮目相看。

再说清河处理完毕，转身朝台上拱手禀告："禀师尊，诸事已毕，可以成行。"

"好！"对清河刚才这番处置，灵虚真人也十分满意，朝他颔首点头，"如此甚好。那余下之事，便拜托你和罗浮山神。"

说完这句有些难明的话语，灵虚子朝高台下一拱手，深深一鞠，然后便腾身而起，导前而行，其他赴义之人在其后依次追随。

到得这时，飞云顶上所有的上清宫门人都明了这十位腾空而去之人已做好不再回来的准备，望着他们离远的身影，尽皆面露悲容，一齐稽首宣号："无量天尊！"

众音汇聚，声震四壑，惊起山间阵阵飞鸟。

听到身后这声送别的宣号，正逆风飞行的灵虚道长略停了停，在半空中曼声吟道:“吾今远去,无牵无挂。”

然后便头也不回,径往远方去了。

他们离去之时,天阴云沉,郁气四浮,人群中那个刚被清河掌门卷回的净行小道士到这时再也忍不住,忽然失声痛哭。

第十四章

岂曰无衣？此去与子同袍

就在罗浮山飞云顶上悲风肃杀之时，十数天前那场灾难的源头——浩渺莫测的南海深处，孟章等人正在南海祖龙所居的澄渊宫中议事。

不怒自威的老龙王蚩刚正坐在黑玉蟠云椅上，听爱子孟章禀报这几日的事宜。等他禀告完毕，老龙王一扫刚严肃穆的神情，露出一丝笑容："做得好！不愧我一贯看重。你这招敲山震虎，定然能对四渎起不小作用。"

"是的，父王。"孟章一脸沉稳微笑，说道，"四渎龙族久居中土富庶之地，早磨灭了我族天生的勇猛爪牙。四渎老龙阳父当年或有威名，但这两三千年来寂寂无闻，一事无成。近百年里，当我南海龙族在万里风涛上劈波斩浪，与鬼族辛苦作战之时，那老儿却偷得空闲，整日买醉游玩，游戏山水。这样做派，真是堕了我龙族威名！"

虽然孟章言辞激愤，脸上却神色不动，继续说道："云中君如此老朽沉迷，不仅儿臣气愤，他手下河神也多有不满。据儿臣探知，四渎帐下法力最强力的黄河水神冰夷，便对四渎龙君这样不思进取颇为不满，常发牢骚。听细作来报，有几次四渎老龙找冰夷出去游玩喝酒，也被他严词拒绝。"

说到这里，孟章看了看站在他旁边下首的寒冰城城主无支祁，微笑着接着说道："呵，如此下去，恐怕这水伯冰夷又是位无支祁将军了。"

"少侯所言极是！"听主公提及自己，白脸阔嘴的龙神部将无支祁赶忙闪身上前，躬身说道，"这可是我亲身经历，那四渎老儿不能用人，当年只凭着自己是东海太子就来当四渎总神，实在令人不服。想来那位冰夷兄现在也该是这样的想法吧。"

原来无支祁当年是淮河水神，乃上古巨猿所化，仗着自己法力高强，在后来的那场洪荒大水中与前来疏导洪水的东海龙太子发生冲突，争夺总领天下内陆水系的四渎神位。

本来只是地位之争，胜者为王便罢了。但这无支祁当年智勇皆不及云中小龙，争斗中便不免用了些手段，竟企图利用毁灭生灵的滔天洪水偷袭云中君所辖部属。那场大战的结果自然不用多说，至今无支祁还躲在南海，一有机会就说云中君"狡猾"。

在当时那场四渎神位争夺大战中，各路水神河伯已纷纷倒向云中小龙君。最后一战见无支祁为求四渎之位不惜催动灾孽，毁灭生灵，惹得各方怨恨，因此各路水神全都郁气难消，力请云中君除恶务尽。

在这种情况下，新四渎龙神也准备一鼓作气，将无支祁这路淮渎叛将一网打尽。只是谁也没料到，无支祁也算知机，见势不妙之下便一路南逃，最后依附到四处招揽人才的南海祖龙门下。

南海祖龙蚩刚虽然出世比云中君早了千年，但因为东海龙族为众龙之祖，他在辈分上就比云中君低了一辈，因此早就对云中君有些不好明说的成见。因着这些说不清道不明的理由，蚩刚老龙便对无支祁一力维护，这种情况下，地位并不稳固的四渎新龙神也只好睁只眼闭只眼，随他去了。

只不过，云中君后来似乎已忘了这段恩怨，但无支祁心中可从来没把这段深仇大恨放下。自从依附了南海龙族，后来又成为少侯手下战功卓著的龙神八部将之一，眼见着自己一天天得宠，南海军力也一天天强大，渐有虎视北方之心，他久埋在心底的报仇心思就像深潭底的渣滓一样，重新泛了上来。

在他眼里，深谋远虑的南海老祖龙，还有他年少有为的小主公，就是他报仇的全部希望。因此，上一回小主公下令攻击罗浮山，他一听便马上主动请缨，鞍前马后，协助孟章狠力攻杀。

正因为有了这段恩怨，无支祁此刻才满嘴鼓动之词："微臣有一肺腑之言，要告与龙君听。正如少侯一贯之言，四渎一族久居安乐之地，消磨腐糜乃早晚间事。据微臣所知，四渎辖下的湖令水伯中，像冰夷那样不满的水神还大有人在。

"这一回少侯冰冻罗浮，正是投石问路。若是四渎老龙忍气吞声，则他帐下诸神早已积攒的怨气就会应势爆发出来，很可能像微臣当年那样弃暗投明。而若是四渎老龙恼羞成怒，对我南海仓促用兵，则他们那些松懈之军对上我南海久战之师，无疑是以兔搏虎，自寻死路，加速败亡而已！"

说到这儿，无支祁脸露得意之色："总之，依微臣愚见，有龙君运筹帷幄，少侯算无遗策，这次无论如何，四渎一定会分崩离析！"

"哈，说得好！"无支祁这番话正说到孟章心坎儿上，顿时让他鼓掌大笑。

等孟章笑声略略停歇，无支祁看了看老龙君蚩刚，见他正对面前英武的孩儿脸露嘉许之色，便又信誓旦旦地慨然说道："当今四海之内，也只有龙君与少侯英明神武，志向远大。既然如此，我们做臣子的，又怎么能不奋死协力?!"

此言一出，老龙与水侯脸色俱佳，旁边那些机灵一些的神将也一个个出言附和，各表忠心。

等这片称赞之声略停，挺立在众将面前的孟章水侯便徐徐说道："诸位，恰如无支祁将军所言，此番南海入主四渎之事还需各位踊跃协助。至于四渎会不会仓促动手，据本侯所料，他们应该没这个胆量。这些天里，我们只需静观其变，等他自败！”

“是！”听得水侯吩咐，诸部将齐齐应声听命。

又随口说得几句，澄渊宫中议事诸人便各自散去。这之后，偌大的澄渊宫里，只剩下孟章及几个亲信之人留在老龙君身边。

等众将都退出门去，那个一直沉默的水侯谋臣龙灵子忽然开口说道：“孟君侯，微臣有一事禀告。”

“说。”

“据微臣所知，前些天派往罗浮山监察的神影海马已三天没有回报。”

“噢，原来是这事。”听得龙灵子禀报，孟章说道，“三天不报也不足为奇。先前我已经吩咐过，这些天不要逼得太急，省得他们起疑。”

显然这时候水侯的心思并不在这些小事上，淡然说完，他便有些出神，停了一阵，才重新开口悠悠道：“父王，儿臣此次冰冻罗浮，其实只为一人。”

“哦？是那位灵漪儿公主？”

“不是。”水侯肃然回答，“虽然四渎龙族上下糊涂，但漪儿是我族名驰四海的奇葩娇女，我自然是极爱的。只不过眼前之事涉及南海万古功业，请父王放心，儿臣绝不会纠缠在这样的儿女私情之上。我所虑者唯一人，便是那个四渎老龙君。”

说到四渎龙君，孟章的语气变得有几分深沉：“四渎老龙膝下那个洞庭君我一眼便能看穿。洞庭君之流，遇小事刚正严明，遇大事短视无为，不知轻重，实不足虑。然而他父亲则不同，虽然刚才我在众将面前将他说得不堪，但此刻不妨跟父王明言，我至今仍看不太透这个人……”

“嗯，当然。老父跟他打了那么多年交道，对他也只是一知半解。”祖龙点头说道，“不管如何，你能在千头万绪之中想到这层，那此事便基本无忧了。章儿,你可传令下去,着紧分派能言善辩之士去那几个四渎水系的河神水侯洞府拜访,务必说动他们与我共谋大事。另外,烛幽鬼方仍是我族死仇,这期间东南一线仍不可松懈。”

“是,谨遵父王之命!”响亮回答一声,孟章便带着自己那几个亲信属臣出门安排去了。

略过南海这番筹划不提,再说罗浮山飞云顶上,跟门人告别一声,灵虚子便带着九名死士,乘着缥缈的云气,往南方慷慨而行。只是刚行得两三百里,他们便忽见眼前一阵白云漫来,挡住他们一行去路。

“这是……”

云横前路,小言心中忽然升起一种奇怪的感觉,刚想极目朝云中仔细打探,却见云中突然闪烁起七色的光华。原本厚实浓密的白云顿成五彩斑斓的夕霞,只不过与夜晚的霞光相比,这些明丽的云霞未免太刺人眼。正当这时,小言又听到眼前彩云中好像传来一阵雷鸣,正自闻声诧异,忽见云中应声蹿出七道明艳的光华,开始绕着云路中人急速飞行。

嗯,这个倒很像琼容那两支神鸟刃……

见眼前这七道迅疾飞翔的虹丽光带和平时琼容玩的那两支满天乱窜的朱雀刃差不多,小言便忍不住开始联想。

正在这时,就听得一声清脆的惊喜叫声:“呀!好看,我捉!”

话音未落,琼容已飞身如电,化作赤光一道,在那七道乱窜的流光中胡乱穿梭起来。

“危险!”

流光飞窜,犀利如箭,小言已看出其中凶险,赶紧纵身跳跃,想将琼容抓回。正在此时,却见那七道虹霓一样的匹练光华突然收拢飞翔轨迹,转瞬间

重又倒飞回白云中去。这一瞬有如电光石火，琼容只不过一愣神，便被她哥哥熟练地捉回队伍中去。

将一脸不甘心的小姑娘抓回，小言正要像往常那样教育几句时，忽听灵虚真人激动地说道："难道……终于炼成了吗？"

"嗯？炼成？"

正当小言闻言一脸迷惑时，却见灵虚真人一脸激动，朝霞光隐现的云团叫道："是山神驾到吗？那七神剑，终于炼成了？！"

话音未落，只听云团中传来一阵哈哈大笑，须臾间，一个鹤发童颜的老汉从云中奔出，来到众人面前。先前那七朵璀璨的光华此刻正在他身边缭绕，挟带着风雷之音，疾飞不停。

一见这老汉模样，琼容立即大叫："飞阳老爷爷好！原来它们都被你捉到了！"

原来眼前来人正是罗浮山积云谷中那位飞阳老汉。此刻他仍旧一身葛衣芒鞋，面带着落拓不羁的嬉笑。雪白的须发被绕身而飞的璀璨光丸映得流光焕彩，显出些不凡神采来。

见到飞阳，与琼容不一样，小言留意的显然是刚才灵虚真人的称呼：山神？难道这飞阳老汉是……

正在心中骇然想时，只听飞阳仿佛看穿他心中疑惑一般接口说道："不错，我飞阳老汉正是这五百里罗浮山的巡山大神！"

说完他朝小言嘻嘻一笑，便转脸对灵虚说道："灵虚道长，飞阳不负上清之托，今日终于炼成天诛七剑！"

话音刚落，疾飞不停的七道流光便戛然止住，悬停在飞阳身边，静静地缭绕着纯净的光气。等这七道流光静止下来，小言等人这才看清，原来先前颜色各异的跳跃光丸，都是一柄柄三寸长短的明丽小剑。

天诛？正当小言在心里琢磨这个名字时，便听灵虚子说道："有劳飞阳大神，灵虚代上清历代祖师谢过！"说罢躬身一揖。

见他如此，身后诸人除了灵漪儿之外，也一齐向飞阳行礼。

飞阳老山神丝毫不避，大大咧咧也就受了。其间，他倒向那位伫立不动的四渎公主微微作了一揖。

等这番见礼之后，一向笑容盈面的飞阳老汉却敛去笑容，叹了一声："唉，神剑炼成，也不知是忧是喜！"

此中详情，日后小言方才知道。原来上清宫某辈祖师隐约算到数百年后罗浮山将有一场神劫，便拜托与他交好的罗浮山神在积云谷中汇聚洞天精华，淬炼这七把威力强大的神兵仙刃。

当初那位前辈祖师取"天诛"之名，便意为自己门中之人"清净自律，顺天而行；神欲灭吾，代天行诛"。因为事关罗浮山，飞阳也一直勤力而为。只是四五百年来，无论飞阳采撷多少仙灵云气，这七把天诛剑始终未成。

几百年苦思之后，飞阳终于明白，虽然炼剑是为了御敌，但剑乃凶兵，尤其是用来抵御神灵的仙剑，最终铸成需要自然生灵死灭时冲天的怨气。剑鼎积云谷所在的罗浮山乃人间洞天福地，数百年来波澜不惊，即使山中生灵生死交替，也大都对应天人之衰，并不能集聚真正的死怨之气。

这样一直拖延，直到十数天前大劫降临，枉死了许多门人兽禽，聚集了剑成所需的怨灵，打造了数百年的上清天诛剑才终于在第二周天上炼成。原本为抵抗灾劫淬炼的仙剑，最后却只能因劫炼成，不能不说是造化弄人。

小言和大多数上清宫门人并不知道，在这几天里，灵虚真人一直都在苦苦等待仙剑的炼成，但可惜的是，他昨天去积云谷打探时，那几支顽物还是光华暗淡，未能成形。

见这样，本就下定必死决心的上清宫老掌门便不待神剑慢慢炼成，就决意成行。他也想不到，就在自己出发中途，老山神便给他送来了这七把威力强大的仙剑神兵。

飞阳身旁绕身飞舞的这七把仙剑神兵，对应着五行二气，按"金木水火土风雷"之序，分别名为：天钧、天枢、天渺、天燎、天墟、天飙、天吼。

合起来便是天诛七剑。因为小言、灵漪儿和琼容三人各有神兵，这天诛七剑就分派给包括灵虚子在内的七位上清耆宿：灵虚、丹元、洞玄、栖梧、岐黄、石长生，还有那位清溟道人。

这七位指点操控七把仙剑的上清宫真人全都是派中道法高深之辈，除灵虚子、清溟子之外，其余几人都是在观天阁中清修上百年的前辈。此前灵虚子召令一出，飞云顶上诸门人都深知其中利害，知道若是自己道法低微，勉力去了也只会拖累后腿。因此，最后应召之人几乎全部是道行高深的耆英高人。现在，他们这些上清长老神剑在手，感受到那一份前所未见的强大灵力，全都欢欣鼓舞，心想此次南海之行，无论如何，又多了许多助力。

这七把神剑，如意通灵，须臾间便各自认主。

此后等众人将神剑收入剑囊，灵虚子便又跟飞阳拜托道："贫道此去南海，身后之事，还请飞阳大神多多看顾了。"

"那是自然！"飞阳一口应承，"真人请放心，稍后我就将上清宫弟子全数聚于积云谷中。那儿有历年积攒的玄天积云大阵，虽然攻敌不成，自保却是绰绰有余。灵虚真人到时候只需全力对敌，替我多砍几剑，也算为我罗浮山殒命的子弟生灵多出几口气！"

飞阳说罢转向小言，露出和善微笑："也请张堂主放心，清河老道此来罗浮，已将你爹娘一起带来，再不怕南海加害。"

初闻此言，小言一时愣住，等回过神来，想起那个老道无可无不可的落落笑容，他胸膛心窝中便有些发热。

告别飞阳，他们这一行十人便半云半雾，朝南方迎风飞去。

这一路上，灵虚子跟小言略略叙说了此行的方略：等到了南海，在暗处先行侦探，然后瞅得空处，由灵虚子和其他六位长老全力攻击一处小言提过的南海浮城，吸引水族注意。这期间，小言便和灵漪儿、琼容一起，按预先侦知的消息，尽力去将雪宜的遗体抢回。

就这样在低空中一路飞行，差不多飞出罗浮山界，越过一片山林，灵虚子便招呼众人，准备施法潜踪隐行。这一带灵虚子等人十分熟悉，不用看也知道他们马上就要进入的是一片广袤的原野丘陵。

靠近罗浮山山脚的地方生长着一片浓密的丛林，现在他们便脱离了罗浮山界，立在这片丛林前。虽然，此刻从那密林中隐约传来些猛兽的气息，但对于他们这些上清宫高人来说，这样的林间兽禽实在不值一提。因此，等灵虚子一声吩咐，众人便一个个按下两三人高的低矮云头，落到草丛中，准备穿过这片密林，向南海潜行。

就在此时，突然一阵狂风大作，转眼间便到处飞沙走石，烟尘飞扬，遮蔽天日。狂尘飞石之中，还夹杂着一阵阵奇异的嚎啸。

乍睹这等异状，小言等人面面相觑，为首的灵虚真人更是大惊道："难道是南海恶龙早得了风声，早早埋伏在此处准备擒杀吾等？"

如果真是这样，显然罗浮山老山神飞阳那些提防南海斥候的布防没有起到丝毫作用。而且这样的话，身后那些留守山中的门人岂不是……念及此处，即使沉稳如灵虚真人，也禁不住猛然四肢发冷，神色惨白！

"难道……我们真的不能和神灵相抗？"

呜——

正当灵虚子万念俱灰之时，忽听得前面那片荒野中突然响起一阵惊心动魄的号角，惊天震林，响遏浮云。在这凄厉高昂的号角声中，卷地的狂风里又传来一阵滚雷般的凶猛吼叫:“玄灵教诸部战卒,恭迎教主亲临!”

随着这一声咆哮,只听咔嚓一声霹雳雷鸣,众人眼前那片茂密丛林突然拔地而起,枝叶四散,躯干横飞,只不过转瞬之间,原本遮住去路的丛林便消失得无影无踪。

“这是……”

瞠目结舌之中,灵虚子等人看到,在那云天之下、原野之中,不知何时竟排列着无数高大强壮的战士,羽盔皮甲,巨梃重锤,个个面容凶狠,正对着他们严阵以待!

当灵虚子看到那些桀骜不驯的战士竟大多是兽首人身之时,更觉得耳鼓中一阵嗡鸣。

就在这时,在眼前的千军万马之后,突然又响起轰的一声巨鸣,一片浓重乌云轰然而起,遮天蔽日,翻腾不定。这一回,灵虚子等人心里已相对有了些准备,便很快看清了黑色云团的真正面目:

原来那扇扇腾腾的黑色云霾,由无数只玄翎黑羽的猛禽组成。暗黑的云天下,那些鹰鹘雕鹏的锋利爪牙正在高天上闪耀着冰冷的寒芒!

一时间,走兽咆哮,猛禽轰鸣,原本平静的原野丘陵竟仿如整个沸腾了起来!

第十五章

鲲鹏展翅，抟扶摇而万里

所有一切皆如幻象，突然出现在众人面前。

见得这样的异象，就连灵虚子这样见多识广的上清宫老掌门一时也有些猝不及防。

这时，如果不是天上猛禽的羽翼扇下的狂风吹得众人衣裳猎猎作响，还有地上那些浓重的野兽鼻息弥漫四周，小言几人还真要以为眼前所有的一切只不过是幻象。

而这幻象还没完结。

正当上清宫一行人相互靠拢，警戒后退时，对面那片森立如林的兽灵军团中又奔出成百只兽首人身的高大精怪，大约是虎豹熊罴之类，如同一阵旋风般往来奔跑，劈枝运木，眨眼间就在那片刚被连根拔起的密林上建起一座七八丈高的坚固木台，建造速度如此之快，直看得众人目瞪口呆。

“这些精怪，怎么有空大兴土木?”

敌友未明之时，总觉得眼前这些兽灵的举动处处透着古怪。

正当小言众人心中疑虑时，身后却突然响起一个声音:“我知道了！它们一定是又来听哥哥讲经了！”

悦耳的声音如同清脆百灵，不用回头看，也知道说话的是被他们护在身后的小女孩。

琼容这么一说，几个上清宫长老还有些莫名其妙，但小言和灵漪儿心中却是蓦然一动，急忙朝对面仔细观瞧。

这时候，对面阵中忽又响起一阵洪钟巨雷般的声音："玄灵教诸部恭请张教主、大师姐上台阅示！"

伴随着这声话语，天上地下又是一阵雷鸣般的"欢呼"！

"张教主……"

有了琼容先前之言，再听得"张教主"三字，小言心中忽然升起一个荒诞的想法，转身看看小姑娘，恰发现她那小脸蛋上正有些得意扬扬。

见琼容这般模样，她那心机敏锐的堂主哥哥已知道，看来这次又是这个不可以常理揣度的小妹妹不知何时暗地里做下这件好事。

琼容这时候见他看来，忽然有些不好意思，目光闪躲着堂主哥哥的注视，神色忸怩地说道："哥哥，别骂我……这事情琼容今天才记起……其实有次真的想告诉哥哥来着，但又忘了从前到底有没有忘记……"

小妹妹说话依旧夹缠不清，着急时甚至还有些大舌头，但这时候小言已没空计较。得了琼容确认，他便赶紧考虑起对策来。

正有些额冒冷汗时，忽听身前灵虚真人开口说道："小言，这么说，这些野兽精怪是友非敌了？"

"是啊，应该是！"

"噢！既然这样，那你还等什么？"

"呃……"

小言闻言，朝灵虚子愕然看去，却见这位道教老掌门正满面笑意。

"多谢真人点拨。"

有了灵虚子首肯，小言再不迟疑，当即拉起琼容小手，脚下一阵云雾蒸腾，朝那座高耸的木台飞去。

离地之时，还不忘回头跟灵漪儿说道："灵漪儿，你们都来。"

于是转眼之后，姿容高贵的龙族娇女，还有那几位仙风道骨的上清宫真人，全都升到高台上，站在小言身后。

等小言等人登上高台，脚下原野上的茫茫兽精军阵中又响起一阵鼍鼓号角，伴随着震耳欲聋的野兽嚎叫，直冲云霄，嗷呜不绝。兽群中有两个容貌怪异之人平地飞起，奔到高台上小言面前。

只见这两名青甲黑袍的怪客抱拳躬身，恭恭敬敬深施一礼："麒灵堂堂主白虎坤象，羽灵堂堂主天鹰殷铁崖，拜见教主！"

隼目鹰鼻的羽灵堂堂主恭声禀道："禀教主神师，自南海恶神屠我罗浮生灵，夺去雪宜师姐遗体，这些天里我们已召集本教各处山泽中谙知水性的战士在此集结，等待教主指示！"

话音刚落，旁边那位面如满月、身高体胖的红脸老者满脸悲愤地接言道："禀教主，雪宜师姐遇难那日，罗浮山中玄灵教主力大都在中土荒原各处山泽传道，教中各地选派的新生妖灵却正在山中听教中长老宣讲教主的圣言大道，没想却被恶龙屠戮。可怜它们都没什么法力，天地剧变时竟大多遇难。罗浮山中我教蒙昧未化的子民，更是死伤不计其数……"

气猛声烈的麒灵堂堂主说到此处已是言语哽咽，一时竟说不下去。

听得他这话，小言正是感同身受。当日罗浮山上天寒地冻、尸横遍野的景象，还有那张清冷如雪的温柔面容，重又浮现在自己面前……不知不觉间，他的拳头已紧紧攥起！

正当他悲愤交加时，身前这两位玄灵教的首领一齐躬身恳求道："如此深仇大恨，还请教主主持大局！"

他二人说这话时，原本喧闹的荒野已变得鸦雀无声，四下里只听得见天空中翱翔的鹰阵扇出阵阵呼呼的风声。

当四野静寂之时，当年讲经少年小言突然被告知自己已成妖灵教主，心底顿时像开了锅一样沸腾不止，不过表面上他也和大家一样静默不言。

一时间，风声飒飒，四野沉沉，眼前天地仿佛一下子静止下来。

“好！”这样的沉寂并没持续多久，便被一声震石裂云的喝声打破。

当年轻的道家少年抬头看到荒野中那千百双眼眸中射出的真诚目光时，心中便有了答案。

于是，苍茫荒野中便回荡起一阵慷慨的话语，徘徊震荡，有如清越的龙吟：“诸位玄灵教友，我张小言今日在罗浮山南立誓，从今以后，我将和诸位同生共死！”

浩荡的宣誓如同波涛一样，瞬间淹没了整个苍莽的荒原。

听得这样铿锵如铁的话语，即使是那些蒙昧未知人言的精怪也立即领会了教主的话中之意。于是整个寥廓荒莽的岭南丘陵平原上，各样粗重兵器全都被向天举起，此起彼伏，就好像飓风卷过的海洋。

面对这样波澜壮阔的情景，小言也被感染，一时间热血沸腾，似有一股压抑不住的豪情从心底喷薄而出，化作一阵磅礴呼啸的话语：“诸位教友，我等人类、妖族，尽皆天地育化的精灵，皆是平等的生灵。只是有些高高在上的神灵却视我们有如蝼蚁，为着一己之私，便任意屠戮。这般情形，溯其根源，还是因为我们有如散沙一盘，不敢反抗。越是如此，那些恶神便愈加骄蛮。长此以往，恐怕我们离灭族之祸也就不远了！”

就如同昨日清晨傲立群山时呼啸万里一样，此时小言的话语奔腾蓬勃，所有原野云天中的鸟兽禽灵都听得一清二楚。见到这般情形，便连早已关注他的灵虚真人也不禁暗暗称奇。

等小言这样振奋人心的话语落定，兽灵军团中那些未晓人言的精怪便开始跟着身边修炼更久的前辈小声地学舌叫好，没多久便越叫越响，和伙伴们的呼声汇聚在一起，形成一股巨大的洪流！

而这时，兽群中那些兴奋无比的狼骑和水犀青牛，已从大群中分出，奋爪扬蹄，围绕着庞大的妖群环转奔跑起来。疾奔之时，蹄声隆隆，有如庆贺的爆竹锣鼓。

这一刻，这样壮阔恢宏的欢呼嚎叫已顺风传出百里，清晰地传到那些早已避得远远的猎户村民耳里，直让他们心神战栗，摇摇欲倒。

不过，对于这样冲天盖地、弥漫州县的妖氛怪气，并没人敢来探视究竟。最近附近州县的民众闻得罗浮山中七月飞雪，说是南海龙王降下天谴，但其中有没有其他内情，他们并不知晓。现在又见到这样神神鬼鬼之事，他们这些小民自然不敢胡说妄言。

而这一日，八荒震动、天下妖主诞生之事，南海郡那些州史县志中却连一句“野有妖氛”都不敢提。看来，史上官修正史，大抵如此。

再说这罗浮山荒野，不知是不是感应到妖主出世，原本便有些阴沉的天空忽然间风云突变，雷电大作，顷刻便已是暴雨倾盆。

只不过，虽然大雨瓢泼，却丝毫不影响那些妖怪精灵庆祝的心情。各执简陋兵械的兽灵全都在大雨中昂首向天，斧矛挥举，口中嗬嗬作声。雨云中，那些翱翔的禽怪则不顾大雨冲袭，全都翔集在小言头顶上空，为他遮风蔽雨。

见到这样的情景，小言心中十分感动，当即感慨谢道：“多谢诸位盛情，今日我虽顶此教主名号，也只是为族中做事而已，和大家并无什么尊卑之别。现在只有一事可惜，可惜这样的吉时，我没有美酒犒劳大家……”

正遗憾说着，却突然听到从远处云中传来一个宏大的声音：“谁说没有美酒犒劳?”

听得天上传来这样震天动地的巨语,妖兽欢呼之声渐渐平息,环绕四周的狂奔妖骑也渐渐缓下来,直至慢慢驻足。所有的妖兽禽精都仿佛感觉到了一丝压迫的气息渐渐临近,便全都目露警惕神色,攥紧手中兵戈,望向西南的天空。

恰在这时,一阵急雨洒过,突如其来的大雨便渐渐停止。

高台上,灵漪儿突然欢呼一声:“是爷爷来了!”

话音刚落,姣丽华贵的灵漪儿已然飘身而起,雪青色的裙带绕身螺旋飞舞,朝天空冉冉升去。飘举之时,灵漪儿浑身瑞气纷华,在暗淡的云天背景下犹如一朵白亮的云彩,向西南从容飞去。

直到这时感应到那股神圣而威严的气息,所有在场的兽精禽灵才知道,原来教主身旁的灵漪儿姑娘竟也是位灵力充沛的仙灵神女。

当灵漪儿飘飞到高天禽阵的附近时,那些冷峻不驯的雕隼也一个个不自觉地朝旁边让出云路。

过了没多久,在众人的翘首仰望中,灵漪儿便和一位云袍金甲的神人从云端降下,重新回到小言身边。

“云中君!”

见到与灵漪儿同来之人,小言脱口叫出他的名号。

一身戎装,正乐呵呵看着他的神灵,正是往日那位和蔼可亲的四渎龙王云中君。

此时此地意外重逢,灵漪儿口中失踪已久的四渎老龙神对着小言这个忘年交大笑道:“哈哈!今日你荣任妖主,我这做长辈的自然也要来助酒道贺。来,奉上美酒千坛!”

话音未落,一声雷响,那些正注目台上的兽人禽怪,每个眼前都凭空出现一只褐色陶坛。等他们慌忙将其抱入怀中，拍开泥封，顿时便闻得酒香四溢，弥漫四周。

见有美酒在前，这些大多来自苦寒之地的异类精灵顿时欢声雷动，赶忙将香醇的美酒倒入口中。

美酒颁下，一众俱欢，小言甚是感激，抱拳跟老龙君谢道："多谢龙君赠酒，小言感激不尽。"

小言见那些新属众很快就喝完了酒水，环顾四方一圈后，他忽问四渎龙王："龙……龙君，不知还有酒否？"

"有！"

见小言环顾一周，老龙君已知他心意，便伸手一探，望空抓出一物，状若葫芦，递与小言，说道："此乃异域神瓠，名昆仑之觞，可接河源之水自酿美酒，倾千杯而不空。"

"多谢神君！"

接过神物昆仑之觞，小言足下生云，飞空而起，手执神瓠，运起法力，将瓠中美酒化作千万道水线，朝地上精怪手中的空坛中倒去。又纵起神剑，闪电般飞腾到高天禽阵之上，手中神觞倾洒，如同缓缓下起一场酒雨。那些鹰隼禽灵见了，急忙翻身宛转飞翔，将飞洒的酒水吸入喙中。

一时间，整个旷野中酒香流溢。这些妖灵得到新主亲斟的美酒，顿时又是群起欢腾，啸声如潮。

等众兽欢呼声略微平息，一身云气缭绕的四渎龙君朝四下妖灵穆然道："诸位玄灵教友，妖族精灵，老夫四渎龙君，今日特来恭贺贵族新任首领。"

老龙君此言一出，四野肃然。

对于这些妖灵来说，四渎龙君乃是强大的神灵存在，无论它们如何桀骜不驯，对这位掌管内陆水系的龙神还是充满了敬畏之心。现在听他开口，顿时个个噤声敛蹄，竖耳倾听。

只听老龙君带着龙吟说道：“贵族新主，老夫深交已久，其为人不必多说，老夫在此只说一句，我四渎老龙也算历经沧海桑田，你等妖灵奉此子为主，恐怕是你们中土妖族自上古那场神魔大战以来做出的最正确的选择！”

虽然老龙君这话说得玄之又玄，但包括坤象、殷铁崖在内的一众妖族，听得此言尽皆惊喜交加。

只听四渎龙君继续说道：“正因如此，今日我四渎龙族便顺道前来拜贺，奉上我族龙王宝库中的四灵神装，为妖主神师新任之礼！”

说罢老龙君一挥手，顿时有四位金甲神人从云开日出之处飞来，手中各捧一件瑞华纷绕之物，奔到小言跟前，双手恭敬呈上。

当他们到来之时，这妖族急就而成的简陋木台上就好像忽然落下一朵绚烂璀璨的五彩云霞，神光乱窜，满地都是霓光灿烂，瑞气纷华！

且不提小言如何当场穿上这件如意宝物，再说灵漪儿。

见爷爷给小言送上这套神装，欣喜之余，却也有些小小嗔意，偷偷跟老龙君埋怨：“爷爷偏心！小时候漪儿去宝库中玩，这套神装你连碰都不肯让我碰，今日却大方拿来送人！”

四渎龙君送上的这套宝物，龙女灵漪儿印象非常深刻，共分四件：朱雀彤灵冠，青龙皓灵甲，玄武霄灵帔，白虎镇灵靴。

这四件护身甲胄乃是自家宝库中珍藏的宝物，往日她去宝库中玩耍时，其他宝物神器可以随便拿来玩，就这套四灵神装爷爷偏偏用可恶的法阵护住，害得她连碰都不能碰！

不过，虽然往日未免头疼，这次见宝贝孙女发难，老龙君却不慌不忙，一脸慈祥笑容，从容回答：“乖孙女哇，宝物当然要送给与之匹配之人，才不会被辱没啊。”

第十六章

欲去三千水，拔剑舞天南

不知为何，在风起云涌之时，面对着茫茫旷野上千百双狂热的眼睛，小言却出奇地没有任何惊惶失措。

四渎老龙跟孙女打趣时，他已穿戴上那套四灵神装。最后戴上那顶朱雀彤灵冠时，他这位误打误撞当上的妖主身上好像霎时划过一道电光，整套神装宝甲一瞬间全都活了过来，一齐散发出耀眼的光华。在万妖注目之中，就仿佛有一朵祥云从仙洲神界飘来，落在它们新主身上，霞光艳艳，瑞气千幻。

这时再看小言，头上朱雀彤灵冠红影缭绕，一对修长的火羽盔翼并作凤凰展翅之形朝后拖曳，略一摇头便在脑后流动飘逸，犹如两道流溢的金霞。

身上那件青龙皓灵甲，鳞纹古朴，毫光四射，银华流动的甲胄密鳞中不时有云雾溢出，有如雨云出岫，环身缭绕，望去似有蟠龙护体。

背后一袭玄武霄灵帔漆黑如墨，随风飘摇，将飘扬在上的神盔尾翼映衬得更加金丽辉煌。

脚上那双白虎镇灵靴，靴头以虎头作饰，如一对凶猛白虎匍匐在地，时时准备择人而噬，略跺一跺脚，足下便是一阵白云蒸腾，缥缥缈缈，望去有如

神仙降地。

这套龙王宝库中珍藏的神甲果然是精心挑就，此刻小言穿了，哪怕脸上神情淡然或毫无表情，在旁人眼里也是无比光明神幻、威仪绝伦。

望着自己的新主有如天神降临，一时间，无论天上地下、远近丘陵，那些激动的妖灵又爆发出一阵狂呼乱叫，久久不能平息。

在万妖雀跃之时，琼容见哥哥穿了新衣服，便盯着那袭随风飘卷的玄黑披风，见其偶有纠缠，便跑上前抓住帔摆，小心理顺。

这时，云中君也在细细打量这位妖族新主，见他和这身神装浑然一体，衬得整个人英容俊伟，神采飞扬，也禁不住在心中赞叹："妙哉！这套四灵神装倒好像是为这少年量身定做一样！有了这四灵宝甲，再加上他那柄灵气十足的古剑，此去南海，应该无忧！"

等万妖欢呼声渐渐平息，云中君便正色问小言："此后你们如何打算？"

听云中君问话，小言想也没想便回答："晚辈欲与上清宫长辈、妖族众灵往南海一行，向作恶水侯讨还公道！"

"唔……"

云中君闻言看了看灵虚子等人，又向四下环顾一周，见所有人脸色都十分决绝，便点点头，说出一句惊人之语："小言，妖族、上清宫此举，正与老夫所想不谋而合！"

此时云中君说话声音并不大，但传入群妖众人耳中却字字清晰："此次南海水侯涂炭生灵，我四渎也是苦主。"说这话时，云中君一脸庄严，"南海小儿孟章不顾老夫孙女真正心意，竟强行送来聘礼。若只是如此也就罢了，谁料孟章不仅强送聘礼，还妄自揣测，无端牵连孙女好友小言，并且变本加厉，上门挑衅，冰冻四渎之内的名山罗浮，屠戮生灵无数，最后还掳走小言婢女遇难遗体。这等暴行，天理不容！"

说到此处，云中君面上如罩寒霜："说来，南海孟章一向残忍横暴，恃强凌弱。据老夫所知，孟章早有侵掠中土山泽之心，这番侵袭罗浮山，只不过是他投石问路的手段罢了。既如此，我四渎龙军决意和妖族、上清宫同仇敌忾，趁兵火祸及中土繁华之地前，一齐出兵征讨南海孽神！"

此言一出，四野静默，但转瞬之后便欢声雷动，吼啸连云！

云中君最后那句话，所有人都知道其意义有多么重大：原本近似于蹈海赴难、同归于尽的不归之路，有了强大的四渎龙族加入，可以说是绝处逢生，让人看到一丝成功的希望！

待呼吼声渐渐平息，云中君又添了一句，以安众心："诸位友族不必担心，我等征讨南海期间，吾儿洞庭君将居后策应，联络各处山泽神祇，在要隘处设下神关，尽力保证各位家园之地不被侵袭！"

就在云中君宣誓与妖族、上清宫同讨南海逆龙之后，妖族庞大的军团便沿荒野向南开拔，在四渎龙君引领下，在临近南海的郁水之滨和四渎龙军会合。郁水河岸万兽踊跃，郁水河中巨浪翻腾，一派杀气腾腾的景象。

这时正到下午未时，日影渐渐西斜。到了郁水河畔，小言与妖族首脑、上清宫诸位道长，被云中君一起请入设在郁水河深处的大帐中。

到了龙王金帐中，小言与灵虚子等人发现幽暗的大帐里已有数十位神祇分列左右。

这些四渎龙王麾下的神灵相貌出乎想象，有的足踏双龙，有的马头龙身，还有位耳后盘蛇。他们的装束也各有不同，有人金盔银甲，浑身云气缭绕，有的只是简单束着丝绦豹裙。

虽然装束各异，但所有人身上都笼罩着一层淡淡的光辉，照亮身周一尺见方。在小言眼中，这些排布在黑暗空间中的发光神将，就好像幽暗殿堂中一座座被微弱烛光照亮的雕像。

四渎龙君进入大帐，这些神将便一齐跟他合掌见礼。等云中君坐到大帐当中那张白玉温凉椅上，他便跟这些部属介绍小言等人。

到了这时，四渎龙族已算与上清宫道门、玄灵妖族结盟。云中君击掌召出十数把白玉雕花椅，请小言等人坐在自己左边下首，自成一处，以示尊重。灵漪儿则在爷爷身边的一只绣墩上坐下。

安顿好友盟，又跟小言大致介绍了一下属下众神，云中君便开始跟众人商议此去南海的讨伐方略。这位说话威严的四渎老龙君已一扫先前小言惯见的和蔼笑容，自始至终神情肃穆，仪态无比威严。

因为之前已有许多筹划，现在云中君主要跟小言等人交代攻伐方略，三言两语便已把整个事情大概交代完毕。

之后云中君便说到此番议事正题："诸位或许不知，此刻我四渎龙军已有一伍先锋驻扎到了南海之中。"

听得此言，帐中神将脸上大都露出些意外神色。

察觉到属下惊讶之情，云中君便说道："诸位都知道，南海疆域阔大，沙洲岛礁星罗棋布，其中四岛十三洲和南海八大浮城一道，为南海水侯嫡系。只不过，四岛十三洲之中有一处伏波洲，岛主孔涂不武其实是我的老友，早已与我族约好，愿做我方内应。"

云中君说完这话，帐中诸位神将各自思索一番，便有一位神祇瓮声说道："主公果然高瞻远瞩，伏波洲我也听说过，地处险要，若能占据，四处出击，便能切断南海岛链，使其首尾不能相应！"

听到瓮声瓮气的说话声音，小言看去，见这说话的神祇马头龙身，正是刚才云中君介绍过的汶川水神奇相。

听了奇相之言，一众江神水伯纷纷点头表示赞同。一阵纷纭之后，又有位貌如赤熊的水神出列说道："禀龙君，据小神所知，那孟章近年派下不少能言善辩之士暗中在四渎各处活动，其祸可大可小，龙君不可不察！”

听得这话，帐中不少神将脸上都露出些尴尬之色，不过更多的则是面现忧容。

小言是第一次听说这事，闻言不禁心中一紧，忖道：对啊！既然四渎能神不知鬼不觉地策反南海岛主，那他们为何不能暗中在四渎安排下奸细？

就在众人犹疑不定之时，进入大帐后一直不苟言笑的云中君却忽然哈哈大笑起来。只见云中君抚须说道：“浮游将军所言有理，只不过我阳父岂比那黄口小儿？如有不忠部众，今日也不能站在这里。”

“这……”

龙君如此托大，赤熊模样的浮游将军张了张嘴还想说什么，却见云中君一摆手，示意他不必忧虑。

见得这样，众神中有一位圆脸细脖的水神暗露喜色，附和说道：“是啊，浮游将军过虑了。龙君英明神武，怎会像孟章那样糊涂？若真有叛臣，龙君早就除掉了，怎么还能让他今天站在这里！”

“嗯……”听得这话，笑得意犹未尽的云中君却沉吟片刻，继而悠悠说道，“是肆水翁成老弟吧？我刚才确实说过，如有叛臣，今日不能站在这里。只不过，似乎今日还未过完，现在才到申时吧？”

肆水河神翁成闻言脸色一变，正紧张揣摩着龙中君这话的意思时，却忽听云中君一声大喝：“冰夷！”

话音未落，便见帐中一阵白雾弥漫，所到之处冷气彻骨。

忽见这样的变故，小言立即从座中站起，凝神警戒。只不过这阵冰寒刺骨的白雾很快便已散去，转眼间众人就看清了帐中情形。

刚才还和云中君对答的肆水河神翁成已跌落在地，原本足踏两龙的黄河水神冰夷现在却一脚踏地，另一脚踩住翁成，让他动弹不得。

难道翁成是奸细？

饶是变起突然，帐中大多数神祇妖灵还是立即反应了过来。

这时便听翁成正大呼冤枉："冤枉！冰夷你为何拿我？"

"哼！"不用云中君解释，踩住他的暴躁河神鄙夷说道，"好个肄水叛贼，竟敢暗中与南海勾结。看你这厮平时还一团和气，想不到暗地里竟是个卖主求荣的奸细！"

听得此言，肄水河神还要辩解，却被云中君沉声打断："翁成，你就不用狡辩了，此事本王已查得一清二楚。孟章小贼轻易从肄水遁往罗浮，不就是因为你托故远游，故意让他们有机可乘？

"还有，送给四渎水府的彩礼聘物，其中那条明月细贝做成的冰席难道不是你们肄水河特有的珍产？这明月贝在肄水河中本就极其稀有，如果不是你暗中搜集献给孟章小贼，南海如何能编成一整张床席？还有锋利无比的鳄鳞霜牙、可抗水毒的金甲鱼鳞，难道不是你费心从内陆水系搜刮，源源不断输送给南海龙族的？"

听得云中君言语确凿，翁成哑然片刻，便又极言辩解，显是并不甘心。

见他如此，云中君叹了口气，颇有些感慨地说道："翁成老弟，你似乎是龙魔大战后便归附我的吧？说起来你与我相交时日不短，我阳父一向敬你颇有血性，怎么今日却如此不堪？"

听得此言，一直极力挣扎、极言辩解的肄水河神忽然脸色苍白，闭口无语，失神片刻后才神色萎靡地低低道了一句："老主公神目如电，我也无话可说。只是我没想到，最后竟是冰夷擒住了我。你们不是一向不和吗？"

说这话时，他已被冰夷提起，关节处缚上水族特有的缚神筋，交给从旁奔出的龙兵押住。

腾出手来的黄河水神听得他这话，哈哈一笑，略带嘲讽地说道："翁老弟，你这几百年都活回去了？连主公对头的话都相信。”

听得此言，翁成立时如丧考妣，嗫嚅半晌，说不出话来。

见如此，云中君面沉似水，喝道：“翁成，既然你没得话说，那就请斩神台上走一遭！”

一声令下，翁成便被两个龙兵推搡着朝帐门外走去。

快到帐门时，静默片刻的云中君开口低低说了一句：“翁老弟，放心去吧。你殁后，肄水河仍由你的子孙掌管。”

听得此言，那个跌跌撞撞朝门外走去的肄水河神努力从龙兵掌中扭转身子，对着帐上云中君拜了三拜。众神光影里，翁成看得分明，此刻端坐在大帐中的云中君神色凝重，威风凛凛，哪还有半点老朽昏庸之相。

见如此，已知难逃一死的肄水河神放声大笑，自嘲道：“翁成啊翁成，你英雄一世，到最后却死在郁水河里。”

临近死路的肄水河神喟然长叹：“我也不知自己有没有看错南海水侯，但我一定看错了老主公！”

说罢他便头也不回，在龙兵之前自行朝帐门外走去。此时帐中，无论妖神道人，目送他颓然而去的背影时，心中尽皆叹服云中君的雷厉风行。

只不过就在这时，正当所有人都以为翁成今日必将丧命时，忽听有人叫道：“龙君且慢！”

“嗯?!”众人闻言循声望去，发现喝阻之人，正是张小言。

只见神盔龙甲的小言猛然从椅中站起，立到大帐正中，开口求情：“禀龙君，不知可否听晚辈一言？虽然翁成助贼为虐，犯下恶行，但毕竟不是首恶。且临战之时斩杀己方大将，是为不吉。我看肄水河神也是误信妄言才铸成今日大错，刚才晚辈留意他一番言行，见他似乎已有悔意，不如便给他一个机会，也好让他立功赎罪。”

原来小言刚才在一旁静静看着，觉得肄水河神只是错判形势，并非首恶，便觉得就此将他斩杀实在有些可惜。不过，虽然鼓起勇气站出，但第一回站在这样气氛肃杀的龙王大帐中说出这番话，小言此刻也有些底气不足。因而稍等片刻，见云中君沉吟不语，便又添了一句："当然，刚才也只是晚辈斗胆之言，毕竟这是四渎内部事宜，我不便多言……"

"小言不必过谦。"听小言这么说，一直沉吟的云中君开口说道，"你所说不无道理。好，就依你之言，将翁成押回！"

至此，小言几句话，便把那个一只脚已踏入鬼门关的河神又拉了回来。

此后略过肄水河神如何对小言感恩戴德不提，过了没多久，四渎龙军便和玄灵妖兵合兵一处，顺郁水河而下，云旗招展，绣帜飘飞，浩浩荡荡开赴南海大洋中的伏波洲。此时天色已近黄昏，满天正是霞光如血。小言头一回置身于如此雄壮神异的大军之中，心中正是激动不已！

等妖神合流的大军到达风涛之中的伏波洲时已是夕阳西下，暮色四起，岛外水波弥漫，上下千里。

踏上银色细软的沙滩，扶了扶一脚踩在水窝里差点儿摔倒的琼容，小言抬头看看天上，发现原本红彤彤的云霞已转成蓝靛墨色，粗粗地抹在头顶天空。举目四望，浩阔的天宇中只剩下西边半轮落日旁还有些红亮的云霞，如同一片片发光的羽毛，细碎地飘浮在海面半寸以上的天空中。

看了半落的夕阳一眼，小言吸了一口气，便又追随军伍而去。

大军到达海岛，自然有种种驻扎屯兵的繁文缛节。略去所有这些不提，等到了晚上，安排好各项事宜，云中君便特地着人来请小言，在伏波洲边一处礁岩上商谈此次南海战事。

在此番类似家常闲谈的商讨中，小言这才知道，原来下午擒杀叛臣的那一出，云中君本就没有诛杀翁成之心。云中君告诉他，南海水侯的能力并不可小觑，四渎各处的江神水伯中，摇摆之人不在少数。现在来一出先擒后纵，恩威并施，便可坚定那些还在观望之中的水神的心思，不至于逼得他们把心一横，完全倒向南海那一方。

本来，云中君早已安排下一名求情部众，正是那位马头龙身的汶川水神奇相，只不过他却比小言稍稍晚了一步。

“这样也好。”只听云中君说道，“这人情给别人，还不如送给你。明天大军正式誓师伐逆的祭旗之人我也早已准备好。唉，只是千算万算——”

说到这儿，颇有城府的云中君有些唉声叹气：“真没办法，和南海虽终有一战，却不想来得这般早。”

小言和云中君就这样有一搭没一搭地说着话，不知不觉就到了亥时，夜色浓重，四处里漆黑如墨。

盘腿坐在耸立的礁岩上，闻着满含腥味的海风，小言朝四周望望，发现夜色幽深，四处无光，就连近在咫尺的风波海潮，也只听得见它们冲刷礁岩的哗哗浪声，看不到丝毫波光。再抬头望望天上，发现天空中这时也没有半点星光，只有一钩细细的新月，月如银钩，只能照亮它附近方寸天空。

四周黑得如此出奇，倒好像此时的天地被谁故意施放了一种奇特的法咒一般。

在这样凄迷的夜色中，已有些困意的小言便跟老人说道：“龙君，刚才听您说，似乎这次兵发伏波洲，动作极为隐秘迅速，那孟章应该没这么快知道。只是我还是觉得，南海诸部久经征战，恐怕不出一两天，便会有大军来伐。”

“唔……”听了小言这话，云中君一时并没回答。

一身戎装的云中君若有所思地望望大海东南，出神片刻，才悠悠说道：“不，不用一两日，他们现在已经来了。”

“呀！”小言闻言吃了一惊，急忙朝云中君刚才注目的方向凝神望去。

却只见万里海疆上风涛如故，除了入耳的呼啸海风有如鬼哭，其他什么都听不到，什么都看不到。这时，头顶又有一朵夜云飞来，遮住天空中那丝仅有的光亮。于是整个浩大无际的幽暗天宇就像一口密不透风的铁锅一样当头罩下，将恣肆汪洋的风波笼罩其中。传入小言口鼻的咸腥海风仿佛带上了某种浓重的血腥，直让他毛骨悚然！

正是：

叱咤顷刻变风云，
孤洲横剑夜正瞑。
不知海国千丈水，
何处风波可练兵？

图书在版编目(CIP)数据

四海为仙9：冰封罗浮山 / 管平潮著. —杭州：浙江文艺出版社，2021.8

ISBN 978-7-5339-6540-2

Ⅰ. ①四… Ⅱ. ①管… Ⅲ. ①长篇小说—中国—当代 Ⅳ. ①I247.5

中国版本图书馆CIP数据核字（2021）第120756号

选题策划 关俊红
责任编辑 徐 旼
营销编辑 宋佳音
封面设计 仙境 WONDERLAND Book design
版式设计 吴 瑕
封面绘图 谭明-ming
内文绘图 何故识君心
责任印制 张丽敏

四海为仙9：冰封罗浮山
管平潮 著

出版 浙江文艺出版社
地址 杭州市体育场路347号
邮编 310006
电话 0571-85176953(总编办)
0571-85152727(市场部)
制版 浙江新华图文制作有限公司
印刷 杭州杭新印务有限公司
开本 710毫米×1000毫米 1/16
字数 118千字
印张 9.25
插页 2
版次 2021年8月第1版
印次 2021年8月第1次印刷
书号 ISBN 978-7-5339-6540-2
定价 38.00元